名家散文必讀系列

U0064073

汪曾祺

汪曾祺 著

陳學晶 導讀

中華教育

目錄

汪曾祺小傳

　　汪曾祺（1920 — 1997），江蘇高郵人，現當代著名小説家、散文家、戲劇家，尤其在小説散文化方面開風氣之先，被稱為「京派小説的傳人」。小説代表作《大淖記事》、《受戒》等在海內外享有盛譽。

　　1989 年 3 月，散文集《蒲橋集》由作家出版社出版。編者將此書的簡介別致地印在了封面上，從中我們可以一窺汪曾祺的散文特色：「有人説汪曾祺的散文比小説好。雖非定論，卻有道理。此集諸篇，記人事，寫風景，談文化，述掌故，兼及草木魚蟲、瓜果食物，皆有情致。間作小考證，亦可喜，娓娓而談，態度親切，不矜持作態。文求雅潔，少雕飾，如行雲流水，春初新韭，秋末晚菘，滋味近似。」

　　散文家是汪曾祺先生的重要身份。這可以從他的家學、師法尋找到一些淵源。祖父汪嘉勳是清朝末科的「拔貢」（略高於「秀才」的功名），父親汪菊生精通金石書畫，能習各類樂器。祖父與父親曾聘本地名流張仲陶、韋子廉二位先生分別教汪曾祺讀《史記》，修桐城派古文及書法。「韋先生是專攻桐城派的。我跟着他，每天背一篇桐城派古文。姚鼐的，方苞的，戴名世和劉大櫆的。加在一起不下百十篇。」汪曾祺非常推崇「桐城義法」：講究文章的提、放、

斷、連、疾、徐、頓、挫，講「文氣」。他把「文氣」與中國畫講的「氣韻生動」會通起來領悟，認為「文氣」比「結構」「更為內在，更精微」（《兩棲雜述》）。

散文把汪曾祺帶入文學世界，為他日後的創作提供了契機，並影響和奠定了他的創作氣質。「一個作家讀很多書。但是真正影響到他的風格的，往往只有不多的作家、不多的作品。有人問我受哪些作家影響比較深，我想了想，古人裏是歸有光，中國現代作家是魯迅、沈從文、廢名，外國作家是契訶夫和阿左林。」（《談風格》）其中，魯迅的《故鄉》、沈從文的《長河》、廢名的《竹林的故事》、契訶夫的《恐懼》、阿左林的《阿左林先生是古怪的》，都被汪曾祺歸入散文化小說，且認為「散文化是世界小說的一種（不是唯一的一種）趨勢」（《小說的散文化》）。

汪曾祺讀中學時，抗日戰爭爆發，日本人打了鄰縣。汪曾祺「逃難」到鄉下，帶了兩本書，一本是屠格涅夫的《獵人筆記》，一本是《沈從文小說選》，「翻來覆去地看」。正如作家自己所言「好像命中注定要當沈從文先生的學生」，1939 年汪曾祺考入西南聯大中國文學系，1940 年開始創作小說，受到小說家沈從文的親自指點，斷言「將來必有大成就」（1941 年 2 月 3 日沈從文寫給施蟄存的信）。1943 年肄業後，汪曾祺先後在昆明和上海當中學教師，出版小說集《邂逅集》。

找到一種合適的寫作方式、一兩種最上手的體裁，接下來就需要個人性情、生活閱歷，慢慢滲入，充實於其中，錘煉為文。而每遇人生困頓的時刻，寫作又會支撐起生活的

信念與力量。1946 年，汪曾祺到上海，找不到工作，幾近崩潰，甚至想自殺。沈從文從北平寫信，把他大罵一頓，提醒說：「你手中有一枝筆，怕甚麼！」1958 年秋，汪曾祺被下放到張家口沙嶺子農業科學研究所勞動，沈從文給他寫了一封長信，鼓勵他不要放下筆。「一個人如果能夠用文字寫作，又樂意終生從事於這個工作，對於寫作，還是始終要有一種頑強信心。這種信心是肯定生命一種正常態度，擴大延續生命一種正常目的。要從內而發，不決定於外在因子。如僅從外在『行市』而工作，永遠是不可能持久眾生的。」「一句話，你能有機會寫，就還是寫下去吧……」汪曾祺一直沒有擱筆，雖然「文革」讓他前後中斷了二十多年寫作，但他從未放棄。做《民間文學》編輯的時候，覺得「不讀一點民歌和民間故事，是不能成為一個好小說家的」；搞京劇的時候，認為「寫小說的也是可以從戲曲裏學到很多東西的」。

對於真正的作家來說，寫作就是生活，生活就是寫作。而最終，甚麼樣的生活也會鍛造出甚麼樣的寫作風格。汪曾祺曾經這樣評價自己的寫作，他說：「……沒有寫重大題材，沒有寫性格複雜的英雄人物，沒有寫強烈的、富於戲劇性的矛盾衝突。但這是我的生活經歷，我的文化素養，我的氣質所決定的。我沒有經歷過太高的波瀾壯闊的生活，沒有見過叱咤風雲的人物」，「我寫作，強調真實」，「我只能寫我所熟悉的平平常常的人和事」，「我只能用平平常常的思想感情去了解他們，用平平常常的方法去表現他們。這結果就是淡。」（《七十抒懷》）

　　1980 年以後，汪曾祺進入創作的高潮期，出版了小説集《晚飯花集》、《汪曾祺短篇小説選》，散文集《蒲橋集》、《孤蒲深處》、《旅食小品》、《矮紙集》、《汪曾祺小品》，文學評論集《晚翠文談》，以及《汪曾祺自選集》、《汪曾祺文集》（四卷）等。汪曾祺於 1997 年在北京病逝，有《汪曾祺全集》（八卷）。

　　汪曾祺去世的消息傳出後，在文壇引起震動。沈從文夫人張兆和説：「我很難過……像這樣『下筆如有神』的人已經不多了，這一輩人已是不多了。」

花園

導讀

　　《花園》寫於 1945 年，是汪曾祺先生最早的散文作品之一。這一年，汪曾祺從西南聯大肄業，在昆明北郊觀音寺的一個由聯大同學辦的「中國建設中學」任教。在客居異鄉、獨自謀生的處境中，這位 25 歲的年輕人開始感受到生活的淡淡哀愁。他回憶起了童年家中那個生機盎然的小花園。於是，伴隨着清涼芬芳的花草香氣、婉轉悠揚的鳥蟲啼叫，那個恬靜温馨的童年生活甦醒了。「我的臉上若有從童年帶來的紅色，它的來源是那座花園。」

　　綠色的巴根草、帶點腥味的虎耳草、温文爾雅的天牛、嘬嘬叫的蟋蟀、蠢頭蠢腦的土蜂、被玳瑁貓吞掉的心愛小鳥、照在槐樹上的青色閃電……這些各具特色的事物在汪曾祺從容淡雅的敍述中陸續到來又飄然而逝。看似信筆寫來，散漫無章，實則有條清晰的線索，那就是情感和時間的變化。「紫蘇的葉子上的紅色呵，暑假快過去了。」「牠的眼睛如金甲蟲，飛在花叢裏五月的夜。」通過這些細膩精妙的轉折句，自然事物的流變與作者童年歲月的流逝以及心靈感受的變化，不露痕跡地表達了出來。

　　在文章末尾，「有一年夏天，我已經像個大人了，天氣鬱悶，心上另外又有一點小事使我睡不着……那一次，我感覺我跟父親靠得近極了。」童年歲月結束，文章戛然而止。

在任何情形之下，那座小花園是我們家最亮的地方。雖然它的動人處不是，至少不僅在於這點。

每當家像一個概念一樣浮現於我的記憶之上，它的顏色是深沉的。

祖父年輕時建造的幾進，是灰青色與褐色的。我自小養育於這種安定與寂寞裏。報春花開放在這種背景前是好的。它不致被曬得那麼多粉。固然報春花在我們那兒很少見，也許沒有，不像昆明。

曾祖留下的則幾乎是黑色的，一種類似眼圈上的黑色（不要說它是青的），裏面充滿了影子。這些影子足以使供在神龕前的花消失。晚間點上燈，我們常覺那些布灰布漆的大柱子一直伸拔到無窮高處。神堂屋裏總掛一隻鳥籠，我相信即是現在也掛一隻的。那隻青襠子永遠瞇着眼假寐（我想牠做個哲學家，似乎身子太小了）。只有巳時將盡，牠唱一會，洗個澡，抖下一團小霧在伸展廊到內片刻的夕陽光影裏。

一下雨，甚麼顏色都鬱起來，屋頂，牆，壁上花紙的圖案，甚至鴿子：鐵青子，瓦灰，點子，霞白。寶石眼的好處這時才顯出來。於是我們，等斑鳩叫單聲，在我們那個園裏叫。等着一棵榆梅稍經一觸，落下碎碎的瓣子，等着重新着色後的草。

我的臉上若有從童年帶來的紅色，它的來源是那座花園。

我的記憶有菖蒲的味道。然而我們的園裏可沒有菖蒲呵？它是哪兒來的，是那些草？這是一個無法解決的問題。

但是我此刻把它們沒有理由地糾在一起。

「巴根草，綠陰陰，唱個唱，把狗聽。」每個小孩子都這麼唱過吧。有時甚麼也不做，我躺着，用手指繞住它的根，用一種不露鋒芒的力量拉，聽頑強的根鬚一處一處斷。這種聲音只有拔草的人自己才能聽得。當然我嘴裏是含着一根草了。草根的甜味和它的似有若無的水紅色是一種自然的巧合。

草被壓倒了。有時我的頭動一動，倒下的草又慢慢站起來。我靜靜地注視它，很久很久，看它的努力快要成功時，又把頭枕上去，嘴裏叫一聲「嗯！」有時，不在意，憐惜它的苦心，就算了。這種性格呀！那些草有時會嚇我一跳的，它在我的耳根伸起腰來了，當我看天上的雲。

我的鞋底是滑的，草磨得它發了光。

莫碰臭芝麻，沾惹一身，嘻，難聞死人。沾上身子，不要用手指去拈。用刷子刷。這種籽兒有帶鈎兒的毛，討嫌死了。至今我不能忘記它：因為我急於要捉住那個「都溜」（一種蟬，叫的最好聽），我舉着我的網，躡手躡腳，抄近路過去，循牠的聲音找着時，拍，得了。可是回去，我一身都是那種臭玩意。想想我捉過多少「都溜」！

我覺得虎耳草有一種腥味。

紫蘇的葉子上的紅色呵，暑假快過去了。

那棵大垂柳上常常有天牛，有時一個、兩個的時候更多。牠們總像有一椿事情要做，六隻腳不停地運動，有時停下來，那動着的便是兩根有節的觸鬚了。我們以為天牛觸鬚

有一節牠就有一歲。捉天牛用手，不是如何困難工作，即使牠在樹枝上轉來轉去，你等一個合適地點動手。常把脖子弄累了，但是失望的時候很少。這小小生物完全如一個有教養惜身份的紳士，行動從容不迫，雖有翅膀可從不想到飛；即是飛，也不遠。一捉住，牠便吱吱扭扭地叫，表示不同意，然而行為依然是溫文爾雅的。黑底白斑的天牛最多，也有極瑰麗顏色的。有一種還似乎帶點玫瑰香味。天牛的玩法是用線扣在脖子上看牠走。令人想起……不說也好。

蟋蟀已經變成大人玩意了。但是大人的興趣在鬥，而我們對於捉蟋蟀的興趣恐怕要更大些。我看過一本秋蟲譜，上面除了蘇東坡米南宮，還有許多濟顛和尚說的話，都神乎其神的不大好懂。捉到一個蟋蟀，我不能看出牠頸子上的細毛是瓦青還是朱砂，牠的牙是米牙還是菜牙，但我仍然是那麼歡喜。聽，噭噭噭噭，哪裏？這兒是的，這兒了！用草掏，手扒，水灌，噭，蹦出來了。顧不得螺螺藤拉了手，撲，追着撲。有時正在外面玩得很好，忽然想起我的蟋蟀還沒餵哪，於是趕緊回家。我每吃一個梨，一段藕，吃石榴吃菱，都要分給牠一點。正吃着晚飯，我的蟋蟀叫了。我會舉着筷子聽半天，聽完了對父親笑笑，得意極了。一捉蟋蟀，那就整個園子都得翻個身。我最怕翻出那種軟軟的鼻涕蟲。可是堂弟有的是辦法，撒一點鹽，立刻牠就化成一攤水了。

有的蟬不會叫，我們稱之為啞巴。捉到啞巴比捉到「紅娘」更壞。但啞巴也有一種玩法。用兩個馬齒莧的瓣子套起牠的眼睛，那是剛剛合適的，彷彿馬齒莧的瓣子天生就為了

這種用處才長成那麼個小口袋樣子，一放手，啞巴就一直向上飛，決不偏斜轉彎。

蜻蜓一個個選定地方息下，天就快晚了。有一種通身鐵色的蜻蜓，翅膀較窄，稱「鬼蜻蜓」。看牠款款地飛在牆角花陰，不知甚麼道理，心裏有一種說不出來的難過。

好些年看不到土蜂了。這種蠢頭蠢腦的傢伙，我覺得牠也在花朵上把屁股撅來撅去的，有點不配，因此常常愚弄牠。土蜂是在泥地上掘洞當作窠的。看牠從洞裏把個有絨毛的小腦袋鑽出來（那神氣像個東張西望的近視眼），嗡，飛出去了，我便用一點點濕泥把那個洞封好，在原來的旁邊給牠重掘一個，等着，一會兒，牠拖着肚子回來了，找呀找，找到我掘的那個洞，鑽進去，看看，不對，於是在四近大找一氣。我會看着牠那副急樣笑個半天。或者，乾脆看牠進了洞，用一根樹枝塞起來，看牠從別處開了洞再出來。好容易，可重見天日了，牠老先生於是坐在新大門旁邊息息，吹吹風。神情中似乎是生了一點氣，因為到這時已一聲不響了。

祖母叫我們不要玩螳螂，說是牠吃了土谷蛇的腦子，肚裏會生出一種鐵線蛇，纏到馬腳腳就斷，甚麼東西一穿就過去了，穿到皮肉裏怎麼辦？

牠的眼睛如金甲蟲，飛在花叢裏五月的夜。

故鄉的鳥呵。

我每天醒在鳥聲裏。我從夢裏就聽到鳥叫，直到我醒來。我聽得出幾種極熟悉的叫聲，那是每天都叫的，似乎每

天都在那個固定的枝頭。

有時一隻鳥冒冒失失飛進那個花廳裏，於是大家趕緊關門，關窗子，吆喝，拍手，用書扔，竹竿打，甚至把自己帽子向空中摔去。可憐的東西這一來完全沒了主意，只是橫衝直撞地亂飛，碰在玻璃上，弄得一身蜘蛛網，最後大概都是從兩椽之間空隙脫走。

園子裏時時曬米粉，曬灶飯，曬碗兒糕。怕鳥來吃，都放一片紅紙。為了這個警告，鳥兒照例就不來，我有時把紅紙拿掉讓牠們大吃一陣，到覺得牠們太不知足時，便大喝一聲趕去。

我為一隻鳥哭過一次。那是一隻麻雀或是癩花。也不知從甚麼人處得來的，歡喜的了不得，把父親不用的細篾籠子挑出一個最好的來給牠住，配一個最好的雀碗，在插架上放了一個荸薺，安了兩根風藤跳棍，整整忙了一半天。第二天起得格外早，把牠掛在紫藤架下。正是花開的時候，我想那是全園最好的地方了。一切弄得妥妥當當後，還獨自欣賞了好半天，我上學去了。一放學，急急回來，帶着書便去看我的鳥。籠子掉在地下，碎了，雀碗裏還有半碗水，「我的鳥，我的鳥吶！」父親正在給碧桃花接枝，聽見我的聲音，忙走過來，把籠子拿起來看看，說：「你掛得太低了，鳥在大伯的玳瑁貓肚子裏了。」哇的一聲，我哭了。父親推着我的頭回去，一面說：「不害羞，這麼大人了。」

有一年，園裏忽然來了許多夜哇子。這是一種鷺鷥屬的鳥，灰白色，據說牠們頭上那根毛能破天風。所以有那麼一種名，大概是因為牠的叫聲如此吧。故鄉古話說這種鳥常帶

來幸運。我見牠們吃吃喳喳做窠了，我去告訴祖母，祖母去看了看，沒有說甚麼話。我想起牠們來了，也有一天會像來了一樣又去了的。我盡想，從來處來，從去處去，一路走，一路望着祖母的臉。

園裏甚麼花開了，常常是我第一個發現。祖母的佛堂裏那個銅瓶裏的花常常是我換新。對於這個孝心的報酬是有需掐花供奉時總讓我去，父親一醒來，一股香氣透進帳子，知道桂花開了，他常是坐起來，抽支煙，看着花，很深遠的想着甚麼。冬天，下雪的冬天，一早上，家裏誰也還沒有起來，我常去園裏摘一些冰心臘梅的朵子，再摻着鮮紅的天竺果，用花絲穿成幾柄，清水養在白磁碟子裏放在媽（我的第一個繼母）和二伯母妝枱上，再去上學。我穿花時，服伺我的女傭人小蓮子，常拿着撣帚在旁邊看，她頭上也常戴着我的花。

我們那裏有這麼個風俗，誰拿着掐來的花在街上走，是可以搶的，表姐姐們每帶了花回去，必是坐車。她們一來，都得上園裏看看，有甚麼花開的正好，有時竟是特地為花來的。掐花的自然又是我。我樂於幹這項差事。爬在海棠樹上，梅樹上，碧桃樹上，丁香樹上，聽她們在下面說「這枝，哎，這枝這枝，再過來一點，彎過去的，喏，哎，對了對了！」冒一點險，用一點力，總給辦到。有時我也貢獻一點意見，以為某枝已經盛開，不兩天就全落在枱布上了，某枝花雖不多，樣子卻好，有時我陪花跟她們一道回去，路上看見有人看過這些花一眼，心裏非常高興。碰到熟人同學，路上也會分一點給她們。

想起繡球花，必連帶想起一雙白緞子繡花的小拖鞋，這是一個小姑姑房中東西。那時候我們在一處玩，從來只叫名字，不叫姑姑。只有時寫字條時如此稱呼，而且寫到這兩個字時心裏頗有種近於滑稽的感覺。我輕輕揭開門簾，她自己若是不在，我便看到這兩樣東西了。太陽照進來，令人明白感覺到花在吸着水，彷彿自己真分享到吸水的快樂。我可以坐在她常坐的椅子上，隨便找一本書看看，找一張紙寫點甚麼，或有心無意地畫一個枕頭花樣，把一切再恢復原來樣子不留甚麼痕跡，又自去了。但她大都能發覺誰來過了。那第二天碰到，必指着手說「還當我不知道呢。你在我繃子上戳了兩針，我要拆下重來了！」那自然是嚇人的話。那些繡球花，我差不多看見它們一點一點地開，在我看書做事時，它會無聲地落兩片在花梨木桌上。繡球花可由人工着色。在瓶裏加一點顏色，它便會吸到花瓣裏。除了大紅的之外，別種顏色看上去都極自然。我們常以騙人說是新得的異種。這只是一種遊戲，姑姑房裏常供的仍是白的。為甚麼我把花跟拖鞋畫在一起呢？真不可解。——姑姑已經嫁了，聽說日子極不如意。繡球快開花了，昆明漸漸暖起來。

花園裏舊有一間花房，由一個花匠管理。那個花匠彷彿姓夏。關於他的機伶促狹，和女人方面的恩怨，有些故事常為舊日傭僕談起，但我只看到他常來要錢，樣子十分狼狽，侷侷促促，躲避人的眼睛，尤其是說他的故事的人的。花匠離去後，花房也跟着改造園內房屋而拆掉了。那時我認識花名極少，只記得黃昏時，夾竹桃特別紅，我忽然又害怕起來，急急走回去。

我愛逗弄含羞草。觸遍所有葉子，看都合起來了，我自低頭看我的書，偷眼瞧它一片片的開張了，再猝然又來一下。他們都說這是不好的，有甚麼不好呢。

荷花像是清明栽種。我們吃吃螺螄，抹抹柳球，便可看佃戶把馬糞倒在幾口大缸裏盤上藕秧，再蓋上河泥。我們在泥裏找蜆子，小蝦，覺得這些東西搬了這麼一次家，是非常奇怪有趣的事。缸裏泥曬乾了，便加點水，一次又一次，有一天，紫紅色的小觜①子冒出來了水面，夏天就來了。讚美第一朵花。荷葉上嘩啦嘩響了，母親便把雨傘尋出來，小蓮子會給我送去。

大雨忽然來了。一個青色的閃照在槐樹上，我趕緊跑到柴草房裏去。那是距我所在處最近的房屋。我爬到堆近屋頂的蘆柴上，聽水從高處流下來，響極了，訇──，空心的老桑樹倒了，葡萄架塌了，我的四近越來越黑了，雨點在我頭上亂跳。忽然一轉身，牆角兩個碧綠的東西在發光！哦，那是我常看見的老貓。老貓又生了一羣小貓了。原來牠每次生養都在這裏。我看牠們攢着吃奶，聽着雨，雨慢慢小了。

那棵龍爪槐是我一個人的。我熟悉它的一切好處，知道哪個枝子適合哪種姿勢。雲從樹葉間過去。壁虎在葡萄上爬。杏子熟了。何首烏的藤爬上石筍了，石筍那麼黑。蜘

---

① 觜（zuǐ），同「嘴」，此處形容小荷才露尖尖角的情形。

蛛網上一隻蒼蠅。蜘蛛呢？花天牛半天吃了一片葉子，這葉子有點甜麼，那麼嫩。金雀花那兒好熱鬧，多少蜜蜂！波——，金魚吐出一個泡，破了，下午我們去撈金魚蟲。香椽花蒂的黃色彷彿有點憂鬱，別的花是飄下，香椽花是掉下的，花落在草葉上，草稍微低頭又彈起。大伯母掐了枝珠蘭戴上，回去了。大伯母的女兒，堂姐姐看金魚，看見了自己。石榴花開，玉蘭花開，祖母來了，「莫掐了，回去看看，瓶裏是甚麼？」「我下來了，下來扶您。」

槐樹種在土山上，坐在樹上可看見隔壁佛院。看不見房子，看到的是關着的那兩扇門，關在門外的一片田園。門裏是甚麼歲月呢？鐘鼓整日敲，那麼悠徐，那麼單調，門開時，小尼姑來抱一捆草，打兩桶水，隨即又關上了。水咚咚地滴回井裏。那邊有人看我，我忙把書放在眼前。

家裏宴客，晚上小方廳和花廳有人吃酒打牌。我記得有個人吹得極好的笛子。燈光照到花上，樹上，令人極歡喜也十分憂鬱。點一個紗燈，從家裏到園裏，又從園裏到家裏，我一晚上總不知走了無數趟。有親戚來去，多是我照路，説哪裏高，哪裏低，哪裏上階，哪裏下坎。若是姑媽舅母，則多是扶着我肩膀走。人影人聲都如在夢中。但這樣的時候並不多。平日夜晚園子是鎖上的。

小時候膽小害怕，黑魆魆的，樹影風聲，令人卻步。而且相信園裏有個「白鬍子老頭子」，一個土地花神，晚上會出來，在那個土山後面，花樹下，冉冉地轉圈子，見人也不避讓。

　　有一年夏天，我已經像個大人了，天氣鬱悶，心上另外又有一點小事使我睡不着，半夜到園裏去。一進門，我就停住了。我看見一個火星。咳嗽一聲，招我前去，原來是我的父親。他也正因為睡不着覺在園中徘徊。他讓我抽一支煙（我剛會抽煙），我搬了一張藤椅坐下，我們一直沒有説話。那一次，我感覺我跟父親靠得近極了。

　　四月二日。月光清極。夜氣大涼。似乎該再寫一段作為收尾，但又似無須了。便這樣吧，日後再説。逝者如斯。

葡 萄 月 令

◖ 導讀

　　汪曾祺先生曾作《關於葡萄》，分為三題：《葡萄和爬山虎》、《葡萄的來歷》、《葡萄月令》，載於 1981 年第 12 期《安徽文學》。

　　《葡萄月令》按月份記載葡萄的生長情況，是為葡萄作的小傳。在這裏，作家將自己的生產勞動經驗與詩意的文字表達相結合，既客觀描述了葡萄的生長規律，又傳遞出了濃濃的人情味，展現了人和植物之間素有的美好情緣。

　　汪曾祺先生懷着深厚的感情講述葡萄的一舉一動。比如「葡萄睡在鋪着白雪的窖裏」，「它已經等不及了」，「葡萄藤舒舒展展，涼涼快快地在上面待着」，「葡萄喝起水來是驚人的」。

　　作為大自然的成員，我們原本就和各種植物同根同源。作家運思精煉，文字簡約，且常常運用富有顏色張力、動作感強的文字，給出足夠的留白，邀請讀者一起參與到自然的世界中。比如「雪靜靜地下着。果園一片白。聽不到一點聲音」，「黑色的土地裏，長出了茵陳蒿。碧綠」，「葡萄園光禿禿」。

　　最後，「十一月下旬，十二月上旬，葡萄入窖」。周而復始，生命又開始新的輪迴。

一月，下大雪。

雪靜靜地下着。果園一片白。聽不到一點聲音。

葡萄睡在鋪着白雪的窖裏。

二月裏颳春風。

立春後，要颳四十八天「擺條風」。風擺動樹的枝條，樹醒了，忙忙地把汁液送到全身。樹枝軟了。樹綠了。

雪化了，土地是黑的。

黑色的土地裏，長出了茵陳蒿。碧綠。

葡萄出窖。

把葡萄窖一鍬一鍬挖開。挖下的土，堆在四面。葡萄藤露出來了，烏黑的。有的梢頭已經綻開了芽苞，吐出指甲大的蒼白的小葉。它已經等不及了。

把葡萄藤拉出來，放在鬆鬆的濕土上。

不大一會，小葉就變了顏色，葉邊發紅；——又不大一會，綠了。

三月，葡萄上架。

先得備料。把立柱、橫樑、小棍，槐木的、柳木的、楊木的、樺木的，按照樹棵大小，分別堆放在旁邊。立柱有湯碗口粗的、飯碗口粗的、茶杯口粗的。一棵大葡萄得用八根，十根，乃至十二根立柱。中等的，六根、四根。

先刨坑，豎柱。然後搭橫樑，用粗鐵絲摽緊。然後搭小棍，用細鐵絲縛住。

然後，請葡萄上架。把在土裏趴了一冬的老藤扛起來，

得費一點勁。大的，得四五個人一起來。「起！——起！」哎，它起來了。把它放在葡萄架上，把枝條向三面伸開，像五個指頭一樣地伸開，扇面似的伸開。然後，用麻筋在小棍上固定住。葡萄藤舒舒展展，涼涼快快地在上面待着。

上了架，就施肥。在葡萄根的後面，距主幹一尺，挖一道半月形的溝，把大糞倒在裏面。葡萄上大糞，不用稀釋，就這樣把原汁大糞倒下去。大棵的，得三四桶。小葡萄，一桶也就夠了。

四月，澆水。

挖窖挖出的土，堆在四面，築成壟，就成一個池子。池裏放滿了水。葡萄園裏水氣泱泱，沁人心脾。

葡萄喝起水來是驚人的。它真是在喝哎！葡萄藤的組織跟別的果樹不一樣，它裏面是一根一根細小的導管。這一點，中國的古人早就發現了。《圖經》云：「根苗中空相通。圃人將貨之，欲得厚利，暮溉其根，而晨朝水浸子中矣，故俗呼其苗為木通。」「暮溉其根，而晨朝水浸子中矣」，是不對的。葡萄成熟了，就不能再澆水了。再澆，果粒就會漲破。「中空相通」卻是很準確的。澆了水，不大一會，它就從根直吸到梢，簡直是小孩喫奶似的拚命往上喫。澆過了水，你再回來看看吧：梢頭切斷過的破口，就嗒嗒地往下滴水了。

是一種甚麼力量使葡萄拚命地往上吸水呢？

施了肥，澆了水，葡萄就使勁抽條、長葉子。真快！原來是幾根根枯藤，幾天工夫，就變成青枝綠葉的一大片。

五月，澆水、噴藥、打梢、掐鬚。

名家散文必讀系列‧汪曾祺

　　葡萄一年不知道要喝多少水，別的果樹都不這樣。別的果樹都是刨一個「樹碗」，往裏澆幾擔水就得了，沒有像它這樣的：「漫灌」，整池子地喝。

　　噴波爾多液。從抽條長葉，一直到坐果成熟，不知道要噴多少次。噴了波爾多液，太陽一曬，葡萄葉子就都變成藍的了。

　　葡萄抽條，絲毫不知節制，它簡直是瞎長！幾天工夫，就抽出好長的一節的新條。這樣長法還行呀，還結不結果呀？因此，過幾天就得給它打一次條。葡萄打條，也用不着甚麼技巧，是個人就能幹，拿起樹剪，劈劈啪啪，把新抽出來的一截都給它鉸了就得了。一鉸，一地的長着新葉的條。

　　葡萄的捲鬚，在它還是野生的時候是有用的，好攀附在別的甚麼樹木上。現在，已經有人給它好好地固定在架上了，就一點用也沒有了。捲鬚這東西最耗養分 —— 凡是作物，都是優先把養分輸送到頂端，因此，長出來就給它掐了，長出來就給它掐了。

　　葡萄的捲鬚有一點淡淡的甜味。這東西如果醃成鹹菜，大概不難吃。

　　五月中下旬，果樹開花了。果園，美極了。梨樹開花了，蘋果樹開花了，葡萄也開花了。

　　都說梨花像雪，其實蘋果花才像雪。雪是厚重的，不是透明的。梨花像甚麼呢？ —— 梨的瓣子是月亮做的。

　　有人說葡萄不開花，哪能呢！只是葡萄花很小，顏色淡黃微綠，不鑽進葡萄架是看不出的。而且它開花期很短。很快，就結出了綠豆大的葡萄粒。

六月，澆水、噴藥、打條、掐鬚。

葡萄粒長了一點了，一顆一顆，像綠玻璃料做的紐子。硬的。

葡萄不招蟲。葡萄會生病，所以要經常噴波爾多液。但是它不像桃，桃有桃食心蟲；梨，梨有梨食心蟲。葡萄不用疏蟲果。——果園每年疏蟲果是要費很多工的。蟲果沒有用，黑黑的一個半乾的球，可是它耗養分呀！所以，要把它「疏」掉。

七月，葡萄「膨大」了。

掐鬚、打條、噴藥，大大地澆一次水。

追一次肥。追硫銨。在原來施糞肥的溝裏撒上硫銨。然後，就把溝填平了，把硫銨封在裏面。

漢朝是不會追這次肥的，漢朝沒有硫銨。

八月，葡萄「着色」。

你別以為我這裏是把畫家的術語借用來了。不是的。這是果農的語言，他們就叫「着色」。

下過大雨，你來看看葡萄園吧，那叫好看！白的像白瑪瑙，紅的像紅寶石，紫的像紫水晶，黑的像黑玉。一串一串，飽滿、瓷實、挺括，璀璨琳瑯。你就把《說文解字》裏的玉字偏旁的字都搬了來吧，那也不夠用呀！

可是你得快來！明天，對不起，你全看不到了。我們要噴波爾多液了。一噴波爾多液，它們的晶瑩鮮豔全都沒有了，它們蒙上一層藍紛紛、白糊糊的東西，成了磨砂玻

璃。我們不得不這樣幹。葡萄是吃的，不是看的。我們得保護它。

過不兩天，就下葡萄了。

一串一串剪下來，把病果、癟果去掉，妥妥地放在果筐裏。果筐滿了，蓋上蓋，要一個棒小伙子跳上去蹦兩下用麻筋縫的筐蓋。——新下的果子，不怕壓，它很結實，壓不壞。倒怕是裝不緊，咣裏咣噹的。那，來回一晃悠，全得爛！

葡萄裝上車，走了。

去吧，葡萄，讓人們吃去吧！

九月的果園像一個生過孩子的少婦，寧靜、幸福，而慵懶。

我們還給葡萄噴一次波爾多液。哦，下了果子，就不管了？人，總不能這樣無情無義吧。

十月，我們有別的農活。我們要去割稻子。葡萄，你願意怎麼長，就怎麼長着吧。

十一月。葡萄下架。

把葡萄架拆下來。檢查一下，還能再用的，擱在一邊。糟朽了的，只好燒火。立柱、橫樑、小棍，分別堆垛起來。

剪葡萄條。乾脆得很，除了老條，一概剪光。葡萄又成了一個大禿子。

剪下的葡萄條，挑有三個芽眼的，剪成二尺多長的一

截，捆起來，放在屋裏，準備明春插條。

其餘的，連枝帶葉，都用竹笤帚掃成一堆，裝走了。

葡萄園光禿禿。

十一月下旬，十二月上旬，葡萄入窖。

這是個重活。把老本放倒，挖土把它埋起來。要埋得很厚實。外面要用鐵鍬拍平。這個活不能馬虎。都要經過驗收，才給記工。

葡萄窖，一個一個長方形的土墩墩。一行一行，整整齊齊地排列着。風一吹，土色發了白。

這真是一年的冬景了。熱熱鬧鬧的果園，現在甚麼顏色都沒有了。眼界空闊，一覽無餘，只剩下發白的黃土。

下雪了。我們踏着碎玻璃碴似的雪，檢查葡萄窖，扛着鐵鍬。

一到冬天，要檢查幾次。不是怕別的，怕老鼠打了洞。葡萄窖裏很暖和，老鼠愛往這裏面鑽。牠倒是暖和了，咱們的葡萄可就受了冷啦！

老舍先生

◀ 導讀

　　《老舍先生》寫於 1984 年 3 月 30 日，發表在 1984 年第 5 期《北京文學》上。正如汪曾祺先生其他散文一樣，本文看似樸實無華，平淡淺易，但在字裏行間隱藏着深沉的情感，需要讀者從細節處去細細體會。

　　汪曾祺選取老舍先生生活中的幾件小事，如精心養花、喜好喝茶、收藏畫作、待客會友、愛護下屬、關心盲藝人等，真實展現了老舍先生富有生活情趣、真誠待人、熱愛藝術、慷慨好客、正直處事、同情弱者的性情。汪曾祺的敍述從容散淡，如清泉潺潺流淌，在某些不經意的細節處又精心雕琢，百轉千迴，使文章產生一種豐富的層次感。如敍述客人在等待老舍先生時可以看花，「如果是夏天，就可以聞到一陣一陣香白杏的甜香味兒」。此情此景如在眼前，讀者也在無形間感受到老舍先生温和雅致的人格魅力。於平易處見真情，這正是汪曾祺記人散文的獨到之處。

北京東城遒茲府豐富胡同有一座小院。走進這座小院，就覺得特別安靜、異常豁亮。這院子似乎經常佈滿陽光。院裏有兩棵不大的柿子樹（現在大概已經很大了），到處是花，院裏、廊下、屋裏，擺得滿滿的。按季更換，都長得很精神，很滋潤，葉子很綠，花開得很旺。這些花都是老舍先生和夫人胡絜青親自蒔弄的。天氣晴和，他們把這些花一盆一盆抬到院子裏，一身熱汗。颱風下雨，又一盆一盆抬進屋，又是一身熱汗。老舍先生曾説：「花在人養。」老舍先生愛花，真是到了愛花成性的地步，不是可有可無的了。湯顯祖曾説他的詞曲「俊得江山助」。老舍先生的文章也可以説是「俊得花枝助」。葉淺予曾用白描為老舍先生畫像，四面都是花，老舍先生坐在百花叢中的藤椅裏，微仰着頭，意態悠遠。這張畫不是寫實，意思恰好。

　　客人被讓進了北屋當中的客廳，老舍先生就從西邊的一間屋子走出來。這是老舍先生的書房兼臥室。裏面陳設很簡單，一桌、一椅、一榻。老舍先生腰不好，習慣睡硬牀。老舍先生是文雅的、彬彬有禮的。他的握手是輕輕的，但是很親切。茶已經沏出色了，老舍先生執壺為客人倒茶。據我的印象，老舍先生總是自己給客人倒茶的。

　　老舍先生愛喝茶，喝得很勤，而且很釅[①]。他曾告訴我，到莫斯科去開會，旅館裏倒是為他特備了一隻暖壺。可是他沏了茶，剛喝了幾口，一轉眼，服務員就給倒了。「他們不

① 釅（yàn），意為濃厚。

知道，中國人是一天到晚喝茶的！」

　　有時候，老舍先生正在工作，請客人稍候，你也不會覺得悶得慌。你可以看看花。如果是夏天，就可以聞到一陣一陣香白杏的甜香味兒。一大盤香白杏放在條案上，那是專門為了聞香而擺設的。你還可以站起來看看西壁上掛的畫。

　　老舍先生藏畫甚富，大都是精品。所藏齊白石的畫可謂「絕品」。壁上所掛的畫是時常更換的。掛的時間較久的，是白石老人應老舍點題而畫的四幅屏。其中一幅是很多人在文章裏提到過的「蛙聲十里出山泉」。「蛙聲」如何畫？白石老人只畫了一脈活潑的流泉，兩旁是烏黑的石崖，畫的下端畫了幾隻擺尾的蝌蚪。畫剛剛裱起來時，我上老舍先生家去，老舍先生對白石老人的設想讚歎不止。

　　老舍先生極其愛重齊白石，談起來時總是充滿感情。我所知道的一點白石老人的逸事，大都是從老舍先生那裏聽來的。老舍先生談這四幅裏原來點的題有一句是蘇曼殊的詩（是哪一句我忘記了），要求畫捲心的芭蕉。老人躊躇了很久，終於沒有應命，因為他想不起芭蕉的心是左旋還是右旋的了，不能胡畫。老舍先生說：「老人是認真的。」老舍先生談起過，有一次要拍齊白石的畫的電影，想要他拿出幾張得意的畫來，老人說：「沒有！」後來由他的學生再三說服動員，他才從畫案的隙縫中取出一卷（他是木匠出身，他的畫案有他自製的「消息」），外面裹着好幾層報紙，寫着四個大字：「此是廢紙。」打開一看，都是驚人的傑作 —— 就是後來紀錄片裏所拍攝的。白石老人家裏人口很多，每天煮飯的米都是老人親自量，用一個香煙罐頭。「一下、兩下、

三下……行了！」──「再添一點，再添一點！」──「吃那麼多呀！」有人曾提出把老人接出來住，這麼大歲數了，不要再操心這樣的家庭瑣事了。老舍先生知道了，給攔了，說：「別！他這麼着慣了。不叫他幹這些，他就活不成了。」老舍先生的意見表現了他對人的理解，對一個人生活習慣的尊重，同時也表現了對白石老人真正的關懷。

老舍先生很好客，每天下午，來訪的客人不斷。作家、畫家、戲曲、曲藝演員……老舍先生都是以禮相待，談得很投機。

每年，老舍先生要把市文聯的同人約到家裏聚兩次。一次是菊花開的時候，賞菊。一次是他的生日──我記得是臘月二十三。酒菜豐盛，而有特點。酒是「敞開供應」，汾酒、竹葉青、伏特卡[2]，願意喝甚麼喝甚麼，能喝多少喝多少。有一次很鄭重地拿出一瓶葡萄酒，說是毛主席送來的，讓大家都喝一點。菜是老舍先生親自掂配的。老舍先生有意叫大家嚐嚐地道的北京風味。我記得有次有一瓷鉢芝麻醬燉黃花魚。這道菜我從未吃過，以後也再沒有吃過。老舍家的芥末墩是我吃過的最好的芥末墩！有一年，他特意訂了兩大盒「盒子菜」。直徑三尺許的朱紅扁圓漆盒，裏面分開若干格，裝的不過是火腿、臘鴨、小肚、口條之類的切片，但都很精緻。熬白菜端上來了，老舍先生舉起筷子：「來來來！這才是真正的好東西！」

---

② 伏特卡，現譯伏特加，一種俄羅斯烈性酒。

老舍先生對他下面的幹部很了解，也很愛護。當時市文聯的幹部不多，老舍先生對每個人都相當清楚。他不看幹部的檔案，也從不找人「個別談話」，只是從平常的談吐中就了解一個人的水平和才氣，那是比看檔案要準確得多的。老舍先生愛才，對有才華的青年，常常在各種場合稱道，「平生不解藏人善，到處逢人説項斯」。而且所用的語言在有些人聽起來是有點過甚其詞，不留餘地的。老舍先生不是那種慣説模棱兩可、含糊其辭、温吞水一樣的官話的人。我在市文聯幾年，始終感到領導我們的是一位作家。他和我們的關係是前輩與後輩的關係，不是上下級關係。老舍先生這樣「作家領導」的作風在市文聯留下很好的影響，大家都平等相處，開誠佈公，説話很少顧慮，都有點書生氣、書卷氣。他的這種領導風格，正是我們今天很多文化單位的領導所缺少的。

老舍先生是市文聯的主席，自然也要處理一些「公務」，看文件，開會，做報告（也是由別人起草的）……但是作為一個北京市的文化工作的負責人，他常常想着一些別人沒有想到或想不到的問題。

北京解放前有一些盲藝人，他們沿街賣藝，有時還兼帶算命，生活很苦。他們的「玩意兒」和睜眼的藝人不全一樣。老舍先生和一些盲藝人熟識，提議把這些盲藝人組織起來，使他們的生活有出路，別讓他們的「玩意兒」絕了。為了引起各方面的重視，他把盲藝人請到市文聯演唱了一次。老舍先生親自主持，作了介紹，還特煩兩位老藝人翟少平、王秀卿唱了一段《當皮箱》。這是一個喜劇性的牌子曲，裏

面有一個人物是當鋪的掌櫃，說山西話；有一個牌子叫「鸚哥調」，句尾的和聲用喉舌作出有點像母豬拱食的聲音，很特別，很逗。這個段子和這個牌子，是睜眼藝人沒有的。老舍先生那天顯得很興奮。

北京有一座智化寺，寺裏的和尚做法事和別的廟裏的不一樣，演奏音樂。他們演奏的樂調不同凡響，很古。所用樂譜別人不能識，記譜的符號不是工尺，而是一些奇奇怪怪的筆道。樂器倒也和現在常見的差不多，但主要的樂器卻是管。據說這是唐代的「燕樂」。解放後，寺裏的和尚多半已經各謀生計了，但還能集攏在一起。老舍先生把他們請來，演奏了一次。音樂界的同志對這堂活着的古樂都很感興趣。老舍先生為此也感到很興奮。

《當皮箱》和「燕樂」的下文如何，我就不知道了。

老舍先生是歷屆北京市人民代表。當人民代表就要替人民說話。以前人民代表大會的文件匯編是把代表提案都印出來的。有一年老舍先生的提案是：希望政府解決芝麻醬的供應問題。那一年北京芝麻醬缺貨。老舍先生說：「北京人夏天離不開芝麻醬！」不久，北京的油鹽店裏有芝麻醬賣了，北京人又吃上了香噴噴的麻醬麵。

老舍是屬於全國人民的，首先是屬於北京人的。

一九五四年，我調離北京市文聯，以後就很少上老舍先生家裏去了。聽說他有時還提到我。

名家散文必讀系列・汪曾祺

一九八四年三月二十日

翠 湖 心 影

◖ 導讀

　　本文作於 1984 年 5 月 9 日，載於 1984 年第 8 期《滇池》，寫的是 40 多年前昆明的舊景往事。

　　翠湖是昆明城中的湖，汪曾祺先生認為「沒有翠湖，昆明就不成其為昆明了」。它是「昆明的眼睛」。「湖水、柳樹、粉紫色的水浮蓮、紅魚，共同組成一個印象：翠。」翠湖美景悅目怡心：「從喧囂擾攘的鬧市和刻板枯燥的機關裏，匆匆忙忙地走過來，一進了翠湖，即刻就會覺得渾身輕鬆下來……」

　　圍繞着翠湖，往事一一浮現。1939 年夏天，汪曾祺先生常去翠湖圖書館看書。管理員是一個「妙人」，他沒有準確的上下班時間，上班來了，就把壁上一個不走的掛鐘撥到 8 點；下班走人，再把鐘撥到 12 點。這個「孤獨、貧窮而有點怪癖的小知識分子的印象」，深深地留存在了汪曾祺腦海中。翠湖也是年輕人的好去處，年輕人湊在一起，在翠湖中半島上的樓閣裏喝茶，吹着夏日的涼風。傍晚，在翠湖邊「窮遛」，高談闊論，一路豪情。

　　一處景致能讓我們留戀，並不在於它本身有多美，而在於恰好那個時候那個地方，我們擁有生命中比較好的狀態，這個狀態讓我們對生活更有感覺、更敏銳，人、事、物都現出了獨特的活力與色彩。當然，如果景致也優美，我們就更加對它念念不忘了，正如汪曾祺先生意味深長地說：「我是很想念翠湖的。」

有一位姑娘，牙長得好。有人問她：

「姑娘，你多大了？」

「十七。」

「住在哪裏？」

「翠湖西。」

「愛吃甚麼？」

「辣子雞。」

過了兩天，姑娘摔了一跤，磕掉了門牙。有人問她：

「姑娘多大了？」

「十五。」

「住在哪裏？」

「翠湖。」

「愛吃甚麼？」

「麻婆豆腐。」

這是我在四十四年前聽到的一個笑話。當時覺得很無聊（是在一個座談會上聽一個本地才子說的）。現在想起來覺得很親切。因為它讓我想起翠湖。

昆明和翠湖分不開，很多城市都有湖。杭州西湖、濟南大明湖、揚州瘦西湖。然而這些湖和城的關係都還不是那樣密切。似乎把這些湖挪開，城市也還是城市。翠湖可不能挪開，沒有翠湖，昆明就不成其為昆明了。翠湖在城裏，而且幾乎就挨着市中心。城市有湖，這在中國，在世界上，都是不多的。說某某湖是某某城的眼睛，這是一個俗得不能再俗的比喻了。然而說到翠湖，這個比喻還是躲不開。只能說：翠湖是昆明的眼睛。有甚麼辦法呢，因為它非常貼切。

　　翠湖是一片湖，同時也是一條路。城中有湖，並不妨
礙交通。湖之中，有一條很整齊的貫通南北的大路。從文林
街、先生坡、府甬道，到華山南道、正義路，這是一條直達
的捷徑。——否則就要走翠湖東路或翠湖西路，那就繞遠多
了。昆明人特意來遊翠湖的也有，不多。多數人只是從這裏
穿過。翠湖中遊人少而行人多。但是行人到了翠湖，也就成
了遊人了。從喧囂擾攘的鬧市和刻板枯燥的機關裏，匆匆忙
忙地走過來，一進了翠湖，即刻就會覺得渾身輕鬆下來；生
活的重壓、柴米油鹽、委屈煩惱，就會沖淡一些。人們不知
不覺地放慢了腳步，甚至可以停下來，在路邊的石凳上坐一
坐，抽一支煙，四邊看看。即使仍在匆忙地趕路，人在湖光
樹影中，精神也很不一樣了。翠湖每天每日，給了昆明人多
少浮世的安慰和精神的療養啊。因此，昆明人——包括外
來的遊子，對翠湖充滿感激。

　　翠湖這個名字起得好！湖不大，也不小，正合適。小
了，不夠一遊；太大了，遊起來怪累。湖的周圍和湖中都有
堤。堤邊密密地栽着樹。樹都很高大。主要的是垂柳。「秋
盡江南草未凋」，昆明的樹好像到了冬天也還是綠的。尤其
是雨季，翠湖的柳樹真是綠得好像要滴下來。湖水極清。我
的印象裏翠湖似沒有蚊子。夏天的夜晚，我們在湖中漫步
或在堤邊淺草中坐臥，好像都沒有被蚊子咬過。湖水常年盈
滿。我在昆明住了七年，沒有看見過翠湖乾得見了底。偶爾
接連下了幾天大雨，湖水漲了，湖中的大路也被淹沒，不能
通過了。但這樣的時候很少。翠湖的水不深。淺處沒膝，深
處也不過齊腰。因此沒有人到這裏來自殺。我們有一個廣東

籍的同學，因為失戀，曾投過翠湖。但是他下湖在水裏走了一截，又爬上來了。因為他大概還不太想死，而且翠湖裏也淹不死人。翠湖不種荷花，但是有許多水浮蓮。肥厚碧綠的豬耳狀的葉子，開着一望無際的粉紫色的蝶形的花，很熱鬧。我是在翠湖才認識這種水生植物的。我以後再也沒看到過這樣大片大片的水浮蓮。湖中多紅魚，很大，都有一尺多長。這些魚已經習慣於人聲腳步，見人不驚，整天只是安安靜靜地、悠然地浮沉游動着。有時夜晚從湖中大路上過，會忽然撥剌一聲，從湖心躍起一條極大的大魚，嚇你一跳。湖水、柳樹、粉紫色的水浮蓮、紅魚，共同組成一個印象：翠。

　　一九三九年的夏天，我到昆明來考大學，寄住在青蓮街的同濟中學的宿舍裏，幾乎每天都要到翠湖。學校已經發了榜，還沒有開學，我們除了騎馬到黑龍潭、金殿，坐船到大觀樓，就是到翠湖圖書館去看書。這是我這一生去過次數最多的一個圖書館，也是印象極佳的一個圖書館。圖書館不大，形制有一點像一個道觀，非常安靜整潔。有一個側院，院裏種了好多盆白茶花。這些白茶花有時整天沒有一個人來看它，就只是安安靜靜地欣然地開着。圖書館的管理員是一個妙人。他沒有準確的上下班時間。有時我們去得早了，他還沒有來，門沒有開，我們就在外面等着。他來了，誰也不理，開了門，走進閱覽室，把壁上一個不走的掛鐘的時針「咔啦啦」一撥，撥到八點，這就上班了，開始借書。這個圖書館的藏書室在樓上。樓板上挖出一個長方形的洞，從洞裏用繩子吊下一個長方形的木盤。借書人開好借書單——

名家散文必讀系列·汪曾祺

管理員把借書單叫做「飛子」，昆明人把一切不大的紙片都叫做「飛子」，買米的發票、包裹單、汽車票，都叫「飛子」—— 這位管理員看一看，放在木盤裏，一拽旁邊的鈴鐺，「噹啷啷」，木盤就從洞裏吊上去了 —— 上面大概有個滑車。不一會，上面拽一下鈴鐺，木盤又繫了下來，你要的書來了。這種古老而有趣的借書手續我以後再也沒有見過。這個小圖書館藏書似不少，而且有些善本。我們想看的書大都能夠借到。過了兩三個小時，這位乾瘦而沉默的有點像陳老蓮①畫出來的古典的圖書管理員站起來，把壁上不走的掛鐘的時針「咔啦啦」一撥，撥到十二點：下班！我們對他這種以意為之的計時方法完全沒有意見。因為我們沒有一定要看完的書，到這裏來只是享受一點安靜。我們的看書，是沒有目的的，從《南詔國志》到福爾摩斯，逮甚麼看甚麼。

翠湖圖書館現在還有麼？這位圖書管理員大概早已作古了。不知道為甚麼，我會常常想起他來，並和我所認識的幾個孤獨、貧窮而有點怪癖的小知識分子的印象摻和在一起，越來越鮮明。總有一天這個人物的形象會出現在我的小說裏的。

翠湖的好處是建築物少。我最怕風景區擠滿了亭台樓閣。除了翠湖圖書館，有一簇洋房，是法國人開的翠湖飯店。這所飯店似乎是終年空着的。大門雖開着，但我從未

---

① 陳老蓮，即陳洪綬（1598—1652），明末清初傑出的畫家，因好畫蓮，自號老蓮。

見過有人進去，不論是中國人還是法國人。此外，大路之東，有幾間黑瓦朱欄的平房，狹長的，按形制似應該叫做「軒」。也許裏面是有一方題作甚麼軒的橫匾的，但是我記不得了。也許根本沒有。軒裏有一陣曾有人賣過麵點，大概因為生意不好，停歇了。軒內空蕩蕩的，沒有桌椅。只在廊下有一個賣「糠蝦」的老婆婆。「糠蝦」是只有皮殼沒有肉的小蝦。曬乾了，賣給遊人餵魚。花極少的錢，便可從老婆婆手裏買半碗，一把一把撒在水裏，一尺多長的紅魚就很興奮地游過來，搶食水面的糠蝦，唼喋[2]有聲。糠蝦餵完，人魚俱散，軒中又是空蕩蕩的，剩下老婆婆一個人寂然地坐在那裏。

路東伸進湖水，有一個半島。半島上有一個兩層的樓閣。閣上是個茶館。茶館的地勢很好，四面有窗，入目都是湖水。夏天，在閣子上喝茶，很涼快。這家茶館，夏天，是到了晚上還賣茶的（昆明的茶館都是這樣，收市很晚），我們有時會一直坐到十點多鐘。茶館賣蓋碗茶，還賣炒葵花子、南瓜子、花生米，都裝在一個白鐵敲成的方碟子裏，昆明的茶館計賬的方法有點特別：瓜子、花生，都是一個價錢，按碟算。喝完了茶，「收茶錢！」堂倌走過來，數一數碟子，就報出了錢數。我們的同學有時臨窗飲茶，嗑完一碟瓜子，隨手把鐵皮碟往外一扔，「piā——」，碟子就落進了水裏。堂倌算賬，還是照碟算。這些堂倌們晚上清點時，

② 唼喋（shà zhá），形容成羣的魚、水鳥吃東西的聲音。

名家散文必讀系列·汪曾祺

自然會發現碟子少了，並且也一定會知道這些碟子上哪裏去了。但是從來沒有一次收茶錢時因此和顧客吵起來過；並且在提着大銅壺用「鳳凰三點頭」手法為客人續水時也從不拿眼睛「賊」着客人。把瓜子碟扔進水裏，自然是不大道德。不過堂倌不那麼斤斤計較的風度卻是很可佩服的。

　　除了到翠湖圖書館看書，喝茶，我們更多的時候是到翠湖去「窮遛」。這「窮遛」有兩層意思，一是不名一錢地遛，一是無窮無盡地遛。「園日涉以成趣」，我們遛翠湖沒有個夠的時候。尤其是晚上，踏着斑駁的月光樹影，可以在湖裏一遛遛好幾圈。一面走，一面海闊天空，高談闊論。我們那時都是二十歲上下的人，似乎有很多話要說，可要說，我們都說了些甚麼呢？我現在一句都記不得了！

　　我是一九四六年離開昆明的。一別翠湖，已經三十八年了，時間過得真快！

　　我是很想念翠湖的。

　　前幾年，聽說因為搞甚麼「建設」，挖斷了水脈，翠湖沒有水了，我聽了，覺得悵然，而且，憤怒了。這是怎麼搞的！誰搞的？翠湖會成了甚麼樣子呢？那些樹呢？那些水浮蓮呢？那些魚呢？

　　最近聽說，翠湖又有水了，我高興！我當然會想到這是三中全會帶來的好處。這是撥亂反正。

　　但是我又聽說，翠湖現在很熱鬧，經常舉辦「蛇展」甚麼的，我又有點擔心。這又會成了甚麼樣子呢？我不反對翠湖遊人多，甚至可以有遊艇，甚至可以設立攤棚賣破酥包子、燜雞米線、冰激凌、雪糕，但是最好不要搞「蛇展」。

我希望還我一個明爽安靜的翠湖。我想這也是很多昆明人的希望。

一九八四年五月九日

昆明的雨

導讀

　　從 1939 年夏考入西南聯大算起，再加上肄業後在昆明執教的兩年，至 1946 年秋離開昆明奔赴上海，汪曾祺先生一共在昆明待了七個年頭。他說：「除了高郵、北京，在這裏的時間最長，按居留次序說，昆明是我的第二故鄉。」

　　1984 年 5 月 19 日，汪曾祺先生寫《昆明的雨》，時隔多年，舊日的情懷，闊別的滋味，在記憶的昆明雨中如蓮花般，大朵大朵地開放。開頭部分一句「我想念昆明的雨」，結尾又一句「我想念昆明的雨」，刻骨銘心的記憶迴響在時間的山谷中，溫馨又深情。在「明亮的、豐滿的，使人動情的」、「濃綠的」昆明雨季裏，各類鮮美的菌子恣意生長，乒乓球那樣大的、顏色黑紅黑紅的「火炭梅」勝過其他各處的楊梅，帶着雨珠的緬桂花滿樹怒放、滿街飄香。又有跳下火車再趕緊兩步爬火車撿雞樅菌的人；有賣楊梅的苗家女孩，戴小花帽，穿扳尖的滿幫繡花的布鞋，坐在階石一角，聲音嬌嬌地吆喚；有房東母女，搭梯子摘緬桂花拿到花市上去賣，「也時常給各家送去一些」；在雨天的小酒店裏，與同伴濁酒一杯，簷下幾隻雞靜靜安立，木香花白花半開，景致裏全是人情味兒。

汪曾祺說：「我想把生活中真實的東西、美好的東西、人的美、人的詩意告訴人們，使人們的心靈得到滋潤，增強對生活的信心、信念。」這篇文章正具有這樣的特點。

　　寧坤要我給他畫一張畫，要有昆明的特點。我想了一些時候，畫了一幅：右上角畫了一片倒掛着的濃綠的仙人掌，末端開出一朵金黃色的花；左下畫了幾朵青頭菌和牛肝菌。題了這樣幾行字：

　　昆明人家常於門頭掛仙人掌一片以辟邪，仙人掌懸空倒掛，尚能存活開花。於此可見仙人掌生命之頑強，亦可見昆明雨季空氣之濕潤。雨季則有青頭菌、牛肝菌，味極鮮腴。

　　我想念昆明的雨。

　　我以前不知道有所謂雨季。「雨季」，是到昆明以後才有了具體感受的。

　　我不記得昆明的雨季有多長，從幾月到幾月，好像是相當長的。但是並不使人厭煩。因為是下下停停、停停下下，不是連綿不斷，下起來沒完。而且並不使人氣悶。我覺得昆明雨季氣壓不低，人很舒服。

　　昆明的雨季是明亮的、豐滿的，使人動情的。城春草木深，孟夏草木長。昆明的雨季，是濃綠的。草木的枝葉裏的水分都到了飽和狀態，顯示出過分的、近於誇張的旺盛。

　　我的那張畫是寫實的。我確實親眼看見過倒掛着還能開花的仙人掌。舊日昆明人家門頭上用以辟邪的多是這樣一些東西：一面小鏡子，周圍畫着八卦，下面便是一片仙人掌，——在仙人掌上扎一個洞，用麻線穿了，掛在釘子上。昆明仙人掌多，且極肥大。有些人家在菜園的周圍種了一圈仙人掌以代替籬笆。——種了仙人掌，豬羊便不敢進園吃菜

了。仙人掌有刺，豬和羊怕扎。

　　昆明菌子極多。雨季逛菜市場，隨時可以看到各種菌子。最多，也最便宜的是牛肝菌。牛肝菌下來的時候，家家飯館賣炒牛肝菌，連西南聯大食堂的桌子上都可以有一碗。牛肝菌色如牛肝，滑、嫩、鮮、香，很好吃。炒牛肝菌須多放蒜，否則容易使人暈倒。青頭菌比牛肝菌略貴。這種菌子炒熟了也還是淺綠色的，格調比牛肝菌高。菌中之王是雞[1]，味道鮮濃，無可比比。雞[1]是名貴的山珍，但並不真的貴得驚人。一盤紅燒雞[1]的價錢和一碗黃燜雞不相上下，因為這東西在雲南並不難得。有一個笑話：有人從昆明坐火車到呈貢，在車上看到地上有一棵雞[1]，他跳下去把雞[1]撿了，緊趕兩步，還能爬上火車。這笑話用意在說明昆明到呈貢的火車之慢，但也說明雞[1]隨處可見。有一種菌子，中吃不中看，叫做乾巴菌。乍一看那樣子，真叫人懷疑：這種東西也能吃？！顏色深褐帶綠，有點像一堆半乾的牛糞或一個被踩破了的馬蜂窩。裏頭還有許多草莖、松毛，亂七八糟！可是下點工夫，把草莖松毛擇淨，撕成蟹腿肉粗細的絲，和青辣椒同炒，入口便會使你張目結舌：這東西這麼好吃？！還有一種菌子，中看不中吃，叫雞油菌。都是一般大小，有一塊銀圓那樣大，滴溜圓，顏色淺黃，恰似雞油一樣。這種菌子只能做菜時配色用，沒甚味道。

　　雨季的果子，是楊梅。賣楊梅的都是苗族女孩子，戴

---

① 　雞[1]（zōng），一種真菌。

名家散文必讀系列・汪曾祺

一頂小花帽子，穿着扳尖的繡了滿幫花的鞋，坐在人家階石的一角，不時吆喚一聲：「賣楊梅——」聲音嬌嬌的。她們的聲音使得昆明雨季的空氣更加柔和了。昆明的楊梅很大，有一個乒乓球那樣大，顏色黑紅黑紅的，叫做「火炭梅」。這個名字起得真好，真是像一球燒得熾紅的火炭！一點都不酸！我吃過蘇州洞庭山的楊梅、井岡山的楊梅，好像都比不上昆明的火炭梅。

雨季的花是緬桂花。緬桂花即白蘭花，北京叫做「把兒蘭」（這個名字真不好聽）。雲南把這種花叫做緬桂花，可能最初這種花是從緬甸傳入的，而花的香味又有點像桂花，其實這跟桂花實在沒有甚麼關係。——不過話又說回來，別處叫它白蘭、把兒蘭，它和蘭花也挨不上呀，也不過是因為它很香，香得像蘭花。我在家鄉看到的白蘭多是一人高，昆明的緬桂是大樹！我在若園巷二號住過，院裏有一棵大緬桂，密密的葉子，把四周房間都映綠了。緬桂盛開的時候，房東（是一個五十多歲的寡婦）就和她的一個養女，搭了梯子上去摘，每天要摘下來好些，拿到花市上去賣。她大概是怕房客們亂摘她的花，時常給各家送去一些。有時送來一個七寸盤子，裏面擺得滿滿的緬桂花！帶着雨珠的緬桂花使我的心軟軟的，不是懷人，不是思鄉。

雨，有時是會引起人一點淡淡的鄉愁的。李商隱的《夜雨寄北》是為許多久客的遊子而寫的。我有一天在積雨少住的早晨和德熙從聯大新校舍到蓮花池去。看了池裏的滿池清

水，看了作比丘尼[2]裝的陳圓圓的石像（傳說陳圓圓隨吳三桂到雲南後出家，暮年投蓮花池而死），雨又下起來了。蓮花池邊有一條小街，有一個小酒店，我們走進去，要了一碟豬頭肉，半市斤酒（裝在上了綠釉的土瓷杯裏），坐了下來。雨下大了。酒店有幾隻雞，都把腦袋反插在翅膀下面，一隻腳着地，一動也不動地在簷下站着。酒店院子裏有一架大木香花。昆明木香花很多。有的小河沿岸都是木香。但是這樣大的木香卻不多見。一棵木香，爬在架上，把院子遮得嚴嚴的。密匝匝的細碎的綠葉，數不清的半開的白花和飽漲的花骨朵，都被雨水淋得濕透了。我們走不了，就這樣一直坐到午後。四十年後，我還忘不了那天的情味，寫了一首詩：

　　　蓮花池外少行人，
　　　野店苔痕一寸深。
　　　濁酒一杯天過午，
　　　木香花濕雨沉沉。

　　我想念昆明的雨。

　　　　　　　　　　　　　　　一九八四年五月十九日

② 　比丘尼，佛教指尼姑。

46

名家散文必讀系列・汪曾祺

跑 警 報

◖ 導讀

　　《跑警報》寫於 1984 年 12 月 6 日，發表在 1985 年第 3 期《滇池》上。汪曾祺先生回憶在西南聯大求學時期，聯大師生和昆明市民躲避日本飛機空襲而「跑警報」的往事。汪曾祺在解釋這個奇特的詞語時說，「『躲』，太消極；『逃』，又太狼狽。惟有這個『跑』字於緊張中透出從容，最有風度，也最能表達豐富生動的內容。」這個幽默的說明也點出了本篇散文的題旨。通過記述形形色色的人對警報的不同態度，「跑警報」的不同方式，展現出當時聯大師生和昆明市民的性格風貌，同時折射出中華民族在面對憂患災難時特定的「不在乎」的精神。

　　《跑警報》同樣體現出汪曾祺散文的一個共同特點：於平凡事中見不平凡。「跑警報」是件緊急的事，汪曾祺卻着重寫那些看似「悠閒」的事，如馬尾松林裏的松脂氣味和藍得要滴下來的天空，吃「丁丁糖」和松子的感覺，給女同學送傘的浪漫侯生，撿到金戒指的哲學系學生，帶着情書「跑警報」的哲學教師，還有不「跑警報」而去洗頭髮、煮蓮子的女生男生。這些看似和空襲極不相稱的瑣事卻給讀者留下了深刻的印象，感受到一個艱難時代裏真正鮮活的人性，從而產生更為真切的理解與感動。

西南聯大有一位歷史系的教授，——聽說是雷海宗先生，他開的一門課因為講授多年，已經背得很熟，上課前無需準備；下課了，講到哪裏算哪裏，他自己也不記得。每回上課，都要先問學生：「我上次講到哪裏了？」然後就滔滔不絕地接着講下去。班上有個女同學，筆記記得最詳細，一句不落。雷先生有一次問她：「我上一課最後說的是甚麼？」這位女同學打開筆記夾，看了看，說：「您上次最後說：『現在已經有空襲警報，我們下課。』」

這個故事說明昆明警報之多。我剛到昆明的頭二年，一九三九、一九四〇年，三天兩頭有警報。有時每天都有，甚至一天有兩次。昆明那時幾乎說不上有空防力量，日本飛機想甚麼時候來就甚麼時候來。有時竟至在頭一天廣播：明天將有二十七架飛機來昆明轟炸。日本的空軍指揮部還真言而有信，說來準來！

一有警報，別無他法，大家就都往郊外跑，叫做「跑警報」。「跑」和「警報」連在一起，構成一個語詞，細想一下，是有些奇特的，因為所跑的並不是警報。這不像「跑馬」、「跑生意」那樣通順。但是大家就這麼叫了，誰都懂，而且覺得很合適。也有叫「逃警報」或「躲警報」的，都不如「跑警報」準確。「躲」，太消極；「逃」，又太狼狽。惟有這個「跑」字於緊張中透出從容，最有風度，也最能表達豐富生動的內容。

有一個姓馬的同學最善於跑警報。他早起看天，只要是萬里無雲，不管有無警報，他就背了一壺水，帶點吃的，夾着一卷溫飛卿或李商隱的詩，向郊外走去。直到太陽偏西，

估計日本飛機不會來了，才慢慢地回來。這樣的人不多。

警報有三種。如果在四十多年前向人介紹警報有幾種，會被認為有「神經病」，這是誰都知道的。然而對今天的青年，卻是一項新的課題。一曰「預行警報」。

聯大有一個姓侯的同學，原係航校學生，因為反應遲鈍，被淘汰下來，讀了聯大的哲學心理系。此人對於航空舊情不忘，曾用黃色的「標語紙」貼出巨幅「廣告」，舉行學術報告，題曰《防空常識》。他不知道為甚麼對警報特別敏感。他正在聽課，忽然跑了出去，站在新校舍的南北通道上，扯起嗓子大聲喊叫：「現在有預行警報，五華山掛了三個紅球！」可不！抬頭望南一看，五華山果然掛起了三個很大的紅球。五華山是昆明的制高點，紅球掛出，全市皆見。我們一直很奇怪：他在教室裏，正在聽講，怎麼會「感覺」到五華山掛了紅球呢？──教室的門窗並不都正對五華山。

一有預行警報，市裏的人就開始向郊外移動。住在翠湖迆北的，多半出北門或大西門，出大西門的似尤多。大西門外，越過聯大新校門前的公路，有一條由南向北的用渾圓的石塊鋪成的寬可五六尺的小路。這條路據說是古驛道，一直可以通到滇西。路在山溝裏。平常走的人不多。常見的是馱着鹽巴、碗糖或其他貨物的馬幫走過。趕馬的馬鍋頭[①]側身坐在木鞍上，從齒縫裏噝噝地吹出口哨（馬鍋頭吹口哨都是這種吹法，沒有撮脣而吹的），或低聲唱着呈貢「調子」：

---

① 　馬鍋頭，茶馬古道上馬幫的首領。

哥那個在至高山那個放呀放放牛，
妹那個在至花園那個梳那個梳梳頭。
哥那個在至高山那個招呀招招手，
妹那個在至花園點那個點點頭。

這些走長道的馬鍋頭有他們的特殊裝束。他們的短褲外都套了一件白色的羊皮背心，腦後掛着漆布的涼帽，腳下是一雙厚牛皮底的草鞋狀的涼鞋，鞋幫上大都繡了花，還釘着亮晶晶的「鬼眨眼」亮片。——這種鞋似只有馬鍋頭穿，我沒見從事別種行業的人穿過。馬鍋頭押着馬幫，從這條斜陽古道上走過，馬項鈴嘩棱嘩棱地響，很有點浪漫主義的味道，有時會引起遠客的遊子一點淡淡的鄉愁⋯⋯

有了預行警報，這條古驛道就熱鬧起來了。從不同方向來的人都湧向這裏，形成了一條人河。走出一截，離市區較遠了，就分散到古道兩旁的山野，各自尋找一個合適的地方待下來，心平氣和地等着，——等空襲警報。

聯大的學生見到預行警報，一般是不跑的，都要等聽到空襲警報：汽笛聲一短一長，才動身。新校舍北邊圍牆上有一個後門，出了門，過鐵道（這條鐵道不知起訖地點，從來也沒見有火車通過），就是山野了。要走，完全來得及。——所以雷先生才會說「現在已經有空襲警報」。只有預行警報，聯大師生一般都是照常上課的。

跑警報大都沒有準地點，漫山遍野。但人也有習慣性，跑慣了哪裏，願意上哪裏。大多是找一個墳頭，這樣可以靠靠。昆明的墳多有碑，碑上除了刻下墳主的名諱，還刻出

「×山×向」，並開出墳塋的「四至」。這風俗我在別處還未見過。這大概也是一種古風。

說是漫山遍野，但也有幾個比較集中的「點」。古驛道的一側，靠近語言研究所資料館不遠，有一片馬尾松林，就是一個點。這地方除了離學校近，有一片碧綠的馬尾松，樹下一層厚厚的乾了的松毛，很軟和，空氣好，——馬尾松揮發出很重的松脂氣味，曬着從松枝間漏下的陽光，或仰面看松樹上面的藍得要滴下來的天空，都極舒適外，是因為這裏還可以買到各種零吃。昆明做小買賣的，有了警報，就把擔子挑到郊外來了。五味俱全，甚麼都有。最常見的是「丁丁糖」。「丁丁糖」即麥芽糖，也就是北京人祭灶用的關東糖，不過做成一個直徑一尺多，厚可一寸許的大糖餅，放在四方的木盤上，有人掏錢要買，糖販即用一個刨刀形的鐵片揳入糖邊，然後用一個小小鐵錘，一擊鐵片，丁的一聲，一塊糖就震裂下來了 —— 所以叫做「丁丁糖」。其次是炒松子。昆明松子極多，個大皮薄仁飽，很香，也很便宜。我們有時能在松樹下面撿到一個很大的成熟了的生的松球，就掰開鱗瓣，一顆一顆地吃起來。—— 那時候，我們的牙都很好，那麼硬的松子殼，一嗑就開了！

另一個集中點比較遠，得沿古驛道走出四五里，驛道右側較高的土山上有一橫斷的山溝（大概是哪一年地震造成的），溝深約三丈，溝口有二丈多寬，溝底也寬有六七尺。這是一個很好的天然防空溝，日本飛機若是投彈，只要不是直接命中，落在溝裏，即便是在溝頂上爆炸，彈片也不易崩進來。機槍掃射也不要緊，溝的兩壁是死角。這道溝可以容

數百人。有人常到這裏，就利用閒空，在溝壁上修了一些私人專用的防空洞，大小不等，形式不一。這些防空洞不僅表面光潔，有的還用碎石子或碎瓷片嵌出圖案，綴成對聯。對聯大都有新意。我至今記得兩副，一副是：

人生幾何
戀愛三角

一副是：

見機而作
入土為安

　　對聯的嵌綴者的閒情逸致是很可叫人佩服的。前一副也許是有感而發，後一副卻是紀實。
　　警報有三種。預行警報大概是表示日本飛機已經起飛。拉空襲警報大概是表示日本飛機進入雲南省境了，但是進雲南省不一定到昆明來。等到汽笛拉了緊急警報 —— 連續短音，這才可以肯定是朝昆明來的。空襲警報到緊急警報之間，有時要間隔很長時間，所以到了這裏的人都不忙下溝，—— 溝裏沒有太陽，而且過早地像雲岡石佛似的坐在洞裏也很無聊，大都先在溝上看書、閒聊、打橋牌。很多人聽到緊急警報還不動，因為緊急警報後日本飛機也不定準來，常常是折飛到別處去了。要一直等到看見飛機的影子了，這才一骨碌站起來，下溝，進洞。聯大的學生，以及住在昆明

的人，對跑警報太有經驗了，從來不倉皇失措。

上舉的前一副對聯或許是一種泛泛的感慨，但也是有現實意義的。跑警報是談戀愛的機會。聯大同學跑警報時，成雙作對的很多。空襲警報一響，男的就在新校舍的路邊等着，有時還提着一袋點心吃食，寶珠梨、花生米……他等的女同學來了，「嗨！」於是欣然並肩走出新校舍的後門。跑警報說不上是同生死，共患難，但隱隱約約有那麼一點危險感，和看電影、遛翠湖時不同。這一點危險感使兩方的關係更加親近了。女同學樂於有人伺候，男同學也正好殷勤照顧，表現一點騎士風度。正如孫悟空在高老莊所說：「一來醫得眼好，二來又照顧了郎中，這是湊四合六的買賣。」從這點來說，跑警報是頗為羅曼蒂克的。有戀愛，就有三角，有失戀。跑警報的「對兒」並非總是固定的，有時一方被另一方「甩」了，兩人「吹」了，「對兒」就要重新組合。寫（姑且叫做「寫」吧）那副對聯的，大概就是一位被「甩」的男同學。不過，也不一定。

警報時間有時很長，長達兩三個小時，也很膩歪。緊急警報後，日本飛機轟炸已畢，人們就輕鬆下來。不一會兒，「解除警報」響了 —— 汽笛拉長音，大家就起身拍拍塵土，絡繹不絕地返回市裏。也有時不等解除警報，很多人就往回走：天上起了烏雲，要下雨了。一下雨，日本飛機不會來。在野地裏被雨淋濕，可不是事！一有雨，我們有一個同學一定是一馬當先往回奔，就是前面所說那位報告預行警報的姓侯的。他奔回新校舍，到各個宿舍搜羅了很多雨傘，放在新校舍的後門外，見有女同學來，就遞過一把。他怕這些女

同學挨淋。這位侯同學長得五大三粗，卻有一副賈寶玉的心
腸。大概是上了吳雨僧先生的《紅樓夢》的課，受了影響。
侯兄送傘，已成定例。警報下雨，一次不落。名聞全校，貴
在有恆。——這些傘，等雨住後他還會到南院女生宿舍去斂
回來，再歸還原主的。

　　跑警報，大都要把一點值錢的東西帶在身邊。最方便
的是金子——金戒指。有一位哲學系的研究生曾經作了這
樣的邏輯推理：有人帶金子，必有人會丟掉金子，有人丟
金子，就會有人撿到金子，我是人，故我可以撿到金子。因
此，他跑警報時，特別是解除警報以後，每次都很留心地巡
視路面。他當真兩次撿到過金戒指！邏輯推理有此妙用，大
概是教邏輯學的金岳霖先生所未料到的。

　　聯大師生跑警報時沒有甚麼可帶，因為身無長物，一般
大都是帶兩本書或一冊論文的草稿。有一位研究印度哲學的
金先生每次跑警報總要提了一隻很小的手提箱。箱子裏不是
甚麼別的東西，是一個女朋友寫給他的信——情書。他把
這些情書視如性命，有時也會拿出一兩封來給別人看。沒有
甚麼不能看的，因為沒有卿卿我我的肉麻的話，只是一個聰
明女人對生活的感受，文字很俏皮，充滿了英國式的機智，
是一些很漂亮的 essay，字也很秀氣。這些信實在是可以拿
來出版的。金先生辛辛苦苦地保存了多年，現在大概也不知
去向了，可惜。我看過這個女人的照片，人長得就像她寫的
那些信。

　　聯大同學也有不跑警報的，據我所知，就有兩人。一個
是女同學，姓羅。一有警報，她就洗頭。別人都走了，鍋爐

房的熱水沒人用，她可以敞開來洗，要多少水有多少水！另一個是一位廣東同學，姓鄭。他愛吃蓮子。一有警報，他就用一個大漱口缸到鍋爐火口上去煮蓮子。警報解除了，他的蓮子也爛了。有一次日本飛機炸了聯大，昆明北院、南院，都落了炸彈，這位鄭老兄聽着炸彈乒乒乓乓在不遠的地方爆炸，依然在新校舍大圖書館旁的鍋爐上神色不動地攪和他的冰糖蓮子。

抗戰期間，昆明有過多少次警報，日本飛機來過多少次，無法統計。自然也死了一些人，毀了一些房屋。就我的記憶，大東門外，有一次日本飛機機槍掃射，田地裏死的人較多。大西門外小樹林裏曾炸死了好幾匹馱木柴的馬。此外似無較大傷亡。警報、轟炸，並沒有使人產生血肉橫飛，一片焦土的印象。

日本人派飛機來轟炸昆明，其實沒有甚麼實際的軍事意義，用意不過是嚇唬嚇唬昆明人，施加威脅，使人產生恐懼。他們不知道中國人的心理是有很大的彈性的，不那麼容易被嚇得魂不附體。我們這個民族，長期以來，生於憂患，已經很「皮實」了，對於任何猝然而來的災難，都用一種「儒道互補」的精神對待之。這種「儒道互補」的真髓，即「不在乎」。這種「不在乎」精神，是永遠征不服的。

為了反映「不在乎」，作《跑警報》。

一九八四年十二月六日

生　機

導讀

　　《生機》發表在 1985 年第 8 期《醜小鴨》上。全文由三個彼此獨立又一脈相通的短篇構成 ──《芋頭》、《豆芽》、《長進樹皮裏的鐵蒺藜》。三個短篇説的是不同時代的人與事，包括汪曾祺自己青年時代的人生遭遇，相同的是在身處絕境時看到的頑強的「生機」。

　　煤塊裏長出的芋頭綠葉，在石頭下發芽頂起石頭的豆子，把勒緊樹幹的鐵蒺藜長進樹皮裏的柳樹，這三個神奇的現象帶給人以希望和感動。汪曾祺在敍述時保持着他特有的沖淡自然，採用不露聲色的表達方式，然而讀者總是能夠對那些看似不經意的細節產生思考，感到震撼。「行人從堤上過，總不禁要向釣魚台看兩眼，心裏想：那裏頭現在在幹甚麼呢？」這就是「於無聲處聽驚雷」的藝術效果。

　　散文的結尾「這棵柳樹將帶着一圈長進樹皮裏的鐵蒺藜繼續往上長，長得很大，很高」，把文章的立意引向更為深遠的意境，同時也照應了「生機」這一主題。

芋頭

　　一九四六年夏天，我離開昆明去上海，途經香港。因為等船期，滯留了幾天，住在一家華僑公寓的樓上。這是一家下等公寓，已經很敝舊了，牆壁多半沒有粉刷過。住客是開機帆船的水手，跑澳門做魷魚、蠔油生意的小商人，準備到南洋開飯館的廚師，還有一些說不清是甚麼身份的角色。這裏吃住都是很便宜的。住，很簡單，有一條蓆子，隨便哪裏都能躺一夜。每天兩頓飯，米很白。菜是一碟炒通菜、一碟在開水裏焯過的墨斗魚腳，頓頓如此。墨斗魚腳，我倒愛吃，因為這是海味。——我在昆明七年，很少吃到海味。只是心情很不好。我到上海，想去謀一個職業，一點着落也沒有，真是前途渺茫。帶來的錢，買了船票，已經所剩無幾。在這裏又是舉目無親，連一個可以說說話的人都沒有。我整天無所事事，除了到皇后道、德輔道去瞎逛，就是蜇到走廊上去看水手、小商人、廚師打麻將。真是無聊呀。

　　我忽然發現了一個奇跡，一棵芋頭！樓上的一側，一個很大的陽台，陽台上堆着一堆煤塊，煤塊裏竟然長出一棵芋頭！大概不知是誰把一個不中吃的芋頭隨手扔在煤堆裏，它竟然活了。沒有土壤，更沒有肥料，僅僅靠了一點雨水，它，長出了幾片翠綠肥厚的大葉子，在微風裏高高興興地搖曳着。在寂寞的羈旅之中看到這幾片綠葉，我心裏真是說不出的喜歡。

　　這幾片綠葉使我欣慰，並且，並不誇張地說，使我獲得一點生活的勇氣。

豆芽

秦老九去點豆子。所有的田埂都點到了。—— 豆子一般都點在田埂的兩側，叫做「豆埂」，很少佔用好地的。豆子不需要精心管理，任其自由生長。諺云：「懶媳婦種豆。」還剩下一把，秦老九懶得把這豆子帶回去。就掀開路旁一塊石頭，把豆子撒到石頭下面，又把石頭放下了。

過了一陣，過了穀雨，立夏了，秦老九到田頭去幹活，路過這塊石頭，他的眼睛瞪得像鈴鐺，石頭升高了！他趴下來看看！豆子發了芽，一羣豆芽把石頭頂起來了。

「咦！」

剎那之間，秦老九成了一個哲學家。

長進樹皮裏的鐵蒺藜

玉淵潭當中有一條南北的長堤，把玉淵潭隔成了東湖和西湖。堤中間有一水閘，東西兩湖之水可通。東湖挨近釣魚台。「四人幫」橫行時期，沿東湖岸邊攔了鐵絲網。附近的老居民把鐵絲網叫做鐵蒺藜。鐵絲網就纏在湖邊的柳樹幹上，繞一個圈，用釘子釘死。東湖被圈禁起來了。湖裏長滿了水草，有成羣的野鴨鳧游，沒有人。湖中的堤上還可以通過，也可以散散步，但是最好不要停留太久，更不能拍照。我的孩子有一次帶了一個照相機，舉起來對着釣魚台方向比了比，馬上走過來一個解放軍，很嚴肅地説：「不許拍照！」行人從堤上過，總不禁要向釣魚台看兩眼，心裏想：那裏頭現在在幹甚麼呢？

「四人幫」粉碎後，鐵絲網拆掉了。東湖解放了。岸上有人散步，遛鳥，湖裏有了遊船，還有人划着輪胎內帶紮成的筏子撒網捕魚，有人彈吉他、吹口琴、唱歌。住在附近的老人每天在固定的地方聚會閒談。他們談柴米油鹽、男婚女嫁、玉淵潭的變遷⋯⋯

　　但是鐵蒺藜並沒有拆淨。有一棵柳樹上還留着一圈。鐵蒺藜勒得緊，柳樹長大了，把鐵蒺藜長進樹皮裏去了。兜着鐵蒺藜的樹皮愈合了。鼓出了一圈，外面還露着一截鐵的毛刺。

　　有人問：「這棵樹怎麼啦？」

　　一個老人説：「鐵蒺藜勒的！」

　　這棵柳樹將帶着一圈長進樹皮裏的鐵蒺藜繼續往上長，長得很大，很高。

玉淵潭的傳說

導讀

　　本文載於 1986 年第 5 期《北京文學》。寫這篇文章的時候（1986 年 1 月 13 日），汪曾祺先生已經 66 歲了，也許他在思考一個人的晚年生活應該如何度過，表面上是在寫玉淵潭，實際上在寫在玉淵潭遛彎的老人們的精神風貌與生活態度。

　　在汪曾祺先生看來，玉淵潭「就是那麼一片水，好些樹」。湖邊釣魚，湖內撒網，堤上遛鳥，玉淵潭是個休閒的好地方。常來遛彎的幾位老人都已經八十上下了，他們早晨遛彎，白天放羊、侍弄菜地、摘豬兒草，晚飯後天南海北地聊天。

　　玉淵潭的傳說，就是汪曾祺先生從他們那裏得知的。他根據傳說，追溯了老北京人做供的風俗，及分期付款的訂供方式，最後他從老人們把傳說當真事兒的態度裏，體會到他們的生活哲理。「他們都順天而知命，與世無爭，不作非分之想。他們勤勞了一輩子，恬淡寡慾，心平氣和。因此，他們都長壽。」

　　在寫作這件事上，日常生活中處處都是題材，全看我們有沒有發現的能力。在獲得生命啟示這個問題上，全看我們是否願意留意周圍的人，走入他們的生活，體會他們的心思，感受他們身上的品質。

玉淵潭公園範圍很大。東接釣魚台，西到三環路，北靠白堆子、馬神廟，南通軍事博物館。這個公園的好處是自然，到現在為止，還不大像個公園，——將來可不敢說了。沒有亭台樓閣、假山花圃。就是那麼一片水，好些樹。繞湖邊長堤，轉一圈得一個多小時。湖中有堤，貫通南北，把玉淵潭分為西湖和東湖。西湖可游泳，東湖可划船。湖邊有很多人釣魚，湖裏有人坐了汽車內胎紮成的筏子撒網。堤上有人遛鳥。有兩三處是鳥友們「會鳥」的地方。畫眉、百靈，叫成一片。有人打拳、做鶴翔椿、跑步。更多的人是遛彎兒的。遛彎有幾條路線，所見所聞不同。常遛的人都深有體會。有一位每天來遛的常客，以為從某處經某處，然後出玉淵潭，最有意思。他說：「遛個彎兒不錯。」

每天遛彎兒，總可遇見幾位老人。常見，面熟了，見到總要點點頭：「遛遛？」——「吃啦？」——「今兒天不錯，——沒風！」……

幾位老人都已經八十上下了。他們是玉淵潭的老住戶，有的已經住了幾輩子。他們原來都是種地的，退休了。身子骨都挺硬朗。早晨，他們都繞長堤遛彎兒。白天，放放奶羊、蒔弄蒔弄巴掌大的一塊菜地、摘一點餵雞的豬兒草。晚飯後大都聚在湖北岸水閘旁邊聊天。尤其是夏天，常常聊到很晚。這地方涼快。

我聽他們聊，不免問問玉淵潭過去的事。

他們說玉淵潭原本是一片荒地，沒有甚麼人來。只有每年秋天，熱鬧幾天。城裏很多人到玉淵潭來吃烤肉，——

名家散文必讀系列‧汪曾祺

北京人不是講究「貼秋膘」嗎？各處架起烤肉炙子，燒着柴火，烤肉的香味順風飄得老遠……

秋高氣爽，到野地裏吃烤肉，瞧瞧湖水，聞着野花野草的清香，確實是一件樂事。我倒願意這種風氣能夠恢復。不過，很難了！

老人們說：這玉淵潭原本是私人的產業，是張××的（他們把這個姓張的名字叫得很真鑿，我曾經記住，後來忘了）。那會兒玉淵潭就是當中有一條陸地，種稻子。土肥水好，每年收成不錯，玉淵潭一帶的人，種的都是張家的地。

他們說：不但玉淵潭，由打阜成門，一直到現在的三環路，都是張××的，他一個人的。

這可能麼？

這張××是怎麼發的家呢？他是做「供」的。早年間北京人訂供，不是一次給錢，而是分期給，按時給，從正月給到臘月，年底下就能捧回去一盤供。這張××收了很多家的錢，全花了。到了年根，要麵沒麵，要油沒油，拿甚麼給人家呀！他着急呀，睡不着覺。迷迷糊糊地，着了。做了一個夢。夢裏聽見有人跟他說：張××，哪兒哪兒有你的油，你的麵，你去拉吧！他醒來，到了那兒，有一所房，裏面有油，有麵。他就趕着車往外拉。怎麼拉也拉不完。怎麼拉，也拉不完。起那兒，他就發了大財了！

這個傳說當然不可信，情節也比較一般化。不過也還有點意思。從這個傳說讓我了解了幾件事。

第一，北京人家過年，家家都要有一盤供。南方人也許

不知道甚麼是「供」。供，就是麵搋成指頭粗的條，在油裏炸透，蘸了蜂蜜，堆成寶塔形，供在神案上的一種甜食。這大概本來是佛教敬奉釋迦牟尼的東西，而且本來可能是廟裏製作的。《紅樓夢》第一回寫葫蘆廟中炸供，和尚不小心，油鍋火逸，造成火災，可為旁證。不過《紅樓夢》寫炸供是在三月十五，而北京人家擺供則在大年初一，季節不同。到後來，就不只是敬給釋迦牟尼了，天上地下，各教神仙都有份。似乎一切神佛都愛吃甜東西。其實愛吃這種甜食的是孩子。北京的孩子大概都曾乘大人看不見的時候，偷偷地掰過供尖吃。到了撤供的時候，一盤供就會矮了一截。現在過年的時候，沒有人家擺供了，不過點心鋪裏還有「蜜供」賣，只是不復堆成寶塔形，而是一疙瘩一塊的。很甜，有一點蜜香。

第二，我這才知道，北京人家訂供，用的是這種「分期付款」的辦法。分期付款，我原以為是外國傳來的，殊不知中國，北京，古已有之。所不同的，現在的分期付款是先取了東西，再陸續付錢，訂供則是先錢後貨。小户人家，到年底一次拿出一筆錢來辦供，有些費勁，這樣零揪着按月交錢，就輕鬆多了；做供的呢，也可以攢了本錢，從容備料。買主賣主，兩得其便。這辦法不錯！

第三，這幾位老人對這傳説毫不懷疑。他們是當真事兒説的。他們説張××實有其人，他們説他就住在三環路的南邊。他們説北京人有一句話：「你有錢！—— 你有錢能比得了張××嗎？」這幾位老人都相信：人要發財，這是天意，這是命。因此，他們都順天而知命，與世無爭，不作非

分之想。他們勤勞了一輩子，恬淡寡慾，心平氣和。因此，
他們都長壽。

一九八六年一月十三日

靈通麻雀

本文載於 1986 年 7 月 28 日《北京晚報》。「靈通麻雀」的「靈通」這兩個字，並不是說這隻麻雀能夠創造神跡，而是牠似乎通了人性，具有一般麻雀所沒有的「靈光」。作家朋友的妻子曾經救過一隻受傷的麻雀，傷好之後，麻雀就在這戶人家裏定居下來。主人家「不給牠預備鳥食。人吃甚麼牠吃甚麼」。他們像對待一個人一樣對待這隻鳥，就連生病發燒，也服用與人一樣的藥。似乎由此開始，這隻鳥就「靈通」了。

是善良的女主人救了牠，因此牠也對女主人特別「靈通」。不論去哪兒玩，只要女主人「在窗口喊一聲：『鳥——』」，牠呼的一聲就飛回來」。牠為女主人看護繡花的活，主人不在，「誰也不許動」。男主人領了工資，牠會把鈔票叼出送到女主人的面前。甚至牠的壽命也比一般的麻雀長，「麻雀的壽命一般是兩年」，牠卻活過了四年多，依舊健在。

作家只是平實地記錄了生活的現象，未加任何評論。文章結尾借用鳥類學家表達出的疑問，體現了對科學的理性探索。作家的深意也許不限於此。人文學者關注的始終是人性，人性在一隻麻雀身上得以表現也許正說明了人性的偉大力量。麻雀是被人類的愛心拯救的，牠對人類似乎也正是以愛心的方式進行報答。生

命是奇特的，麻雀也懂得愛嗎？正如作家所說：「天地間有許多事情需要做新的探索。」

閔兆華家有過一隻很怪的麻雀。

這隻麻雀跌在地上，折了一條腿（大概是小孩子拿彈弓打的），兆華的愛人撿了起來，給牠上了一點消炎粉，用紗布裹巴裹巴，麻雀好了。好了，牠就不走了。兆華有一頂舊棉帽子，掛在牆上，就成了牠的窩。棉帽子裏朝外，晚上，牠鑽進去，兆華的愛人把帽子翻了過來，牠就在帽裏睡一夜。天亮了，棉帽子往外一翻，牠就忒楞楞[1]要出來了。兆華家不給牠預備鳥食。人吃甚麼牠吃甚麼。吃飯的時候，牠落在兆華愛人的肩上，兆華愛人隨時餵牠一口。牠生了病——發燒，給牠吃了一點四環素之類的藥，也就好了。牠每天就出去玩，但只要兆華愛人在窗口喊一聲：「鳥——」，牠呼的一聲就飛回來。

兆華愛人繡花。有時因事走開，麻雀就看着桌上的繡活，誰也不許動。你動一下，牠就鴰你！

兆華領回了工資，放在大衣口袋裏，麻雀會把鈔票一張一張地叼出來，送到兆華愛人——牠的主人的面前！

我知道這隻麻雀的時候，牠已經活了四年多，毛色變得很深，發黑了。

有一位鳥類學專家曾特地到兆華家去看過這隻麻雀。他認為有兩點不可解：

一、麻雀的壽命一般是兩年，這隻麻雀怎麼能活了四年多呢？

---

① 忒楞楞，此處形容鳥兒振翅的聲音。

名家散文必讀系列・汪曾祺

二、鳥類一般是沒有思維的。這隻麻雀能看繡花，叼鈔票，這算甚麼呢？能夠說是思維麼？

　　天地間有許多事情需要做新的探索。

張大千和畢加索

文章作於 1986 年 12 月 3 日，刊載於 1987 年第 2 期的《北京文學》，是作者閱讀《張大千傳》有感而發。張大千與畢加索，一位是中國的藝術大師，一位是西方的藝術大師，傳記對於他們會面情景的精彩描繪，「使人激動」。

作為西方的藝術家，畢加索在與張大千見面時抱出來的卻是他學習齊白石水墨畫的習作。張大千當仁不讓，暢說了中國畫的藝術真諦。張大千論「運筆用墨」的一段話，是中國書畫藝術所言「惟筆軟則奇怪生焉」的絕佳注腳。「沒一點色，一根線畫水，卻使人看到了江河，嗅到水的清香。…… 有些畫看上去一無所有，卻包含着一切。」畢加索的話，也可以說的確領悟到了中國畫神奇的真諦。文章表面說的是兩位藝術大師的友誼與交流，說的是人；但深層裏講述的是人背後的文化及文化精神。畢加索沒有展現自己的創作，因為他渴望的是學習、是真誠的對話；張大千「有點不客氣」，因為他對自己民族藝術的自信自豪與熱愛無法自已。文化交流中的虛心學習、誠懇披露，才是真正「使人激動」的事。

作家通篇都在引用別人講述的故事，最後才提出自己的感想：「畢加索說的是藝術，但是搞文學的人是不是也可以想想他的

話？」這就把故事的意義加以提升，使整篇文章變得意味雋永、綿綿不盡。

楊繼仁同志寫的《張大千傳》是一本有意思的書。如果能擠去一點水分，控制筆下的感情，使人相信所寫的多是真實的，那就更好了。書分上下冊。下冊更能吸引人，因為寫得更平實而緊湊。記張大千與畢加索見面的一章（《高峯會晤》）寫得頗精彩，使人激動。

　　……畢加索抱出五冊畫來，每冊有三四十幅。張大千打開畫冊，全是畢加索用毛筆水墨畫的中國畫，花鳥魚蟲，仿齊白石。張大千有點納悶。畢加索笑了：「這是我仿貴國齊白石先生的作品，請張先生指正。」

　　張大千恭維了一番，後來就有點不客氣了，侃侃而談起來：「畢加索先生所習的中國畫，筆力沉勁而有拙趣，構圖新穎，但是有一個很大的問題，就是不會使用中國的毛筆，墨色濃淡難分。」

　　畢加索用腳將椅子一勾，搬到張大千對面，坐下來專注地聽。

　　「中國毛筆與西方畫筆完全不同。它剛柔互濟，含水量豐，曲折如意。善使用者『運墨而五色具』。墨之五色，乃焦、濃、重、淡、清。中國畫，黑白一分，自現陰陽明暗；乾濕皆備，就顯蒼翠秀潤；濃淡明辨，凹凸遠近，高低上下，歷歷皆入人眼。可見要畫好中國畫。首要者要運好筆，以筆為主導，發揮墨法的作用，才能如兼五彩。」

　　這一番運筆用墨的道理，對略懂一點國畫的人，並沒有甚麼新奇。然在畢加索，卻是聞所未聞。沉默了一會，畢加索提出：

　　「張先生，請你寫幾個中國字看看，好嗎？」

　　張大千提起桌上一支日本製的毛筆，蘸了碳素墨水，寫了三個字：「張大千。」

　　張大千發現畢加索用的是劣質毛筆，後來他在巴西牧場從五千隻牛耳朵裏取了一公斤牛耳毛，送到日本，做成八枝筆，送了畢加索兩枝。他回贈畢加索的畫畫的是兩株墨竹，——畢加索送張大千的是一張西班牙牧神，兩株墨竹一濃一淡，一遠一近，目的就是在告訴畢加索中國畫陰陽向背的道理。

　　畢加索見了張大千的字，忽然激動起來：

　　「我最不懂的，你們中國人為甚麼跑到巴黎來學藝術！」

　　「……在這個世界談藝術，第一是你們中國人有藝術；第二為日本，日本的藝術又源自你們中國；第三是非洲人有藝術。除此之外，白種人根本無藝術，不懂藝術！」

　　畢加索用手指指張大千寫的字和那五本畫冊，說：「中國畫真神奇。齊先生畫水中的魚，沒一點色，一根線畫水，卻使人看到了江河，嗅到水的清香。真是了不起的奇跡。……有些畫看上去一無所有，卻包含着一切。連中國的字，都是藝術。」這話說得很一般化，但這是畢加索說的，故值得注意。畢加索感傷地說：「中國的蘭花墨竹，是我永遠不能畫的。」這話說得很有自知之明。

　　「張先生，我感到，你是一個真正的藝術家。」

　　畢加索的話也許有點偏激，但不能說是毫無道理。

　　畢加索說的是藝術，但是搞文學的人是不是也可以想想他的話？

有些外國人説中國沒有文學，只能説他無知。有些中國人也跟着説，叫人該説他甚麼好呢？

一九八六年十二月三日

故鄉的食物

本文載於 1986 年第 5 期《雨花》，是一篇長文。全文由六個短篇組成，從家常小吃到醃製食品、水產品，從天上飛的、到地裏生長的，所介紹的高郵食物實在不少。許多食物都在作家的小說裏提過。這些食物有一個共同的特點，都不是甚麼昂貴之物。

炒米，是「暖老溫貧之具」，「實在說不上有甚麼好吃」。焦屑，就是「糊鍋巴磨成碎末」，「可以急就的食品」。兵荒馬亂的日子，它們是逃難的乾糧。高郵是水鄉，「鴨多，鴨蛋也多。……高郵鹹鴨蛋於是出了名」。虎頭鯊、昂嗤魚等，都是這類食物。作家的敍述不厭其詳，其實他要講的是故鄉的歷史與人們的生計。「民以食為天」，從一個地方的飲食風俗也能看出那裏人們的生存狀態。因此，「炒米和焦屑和我家鄉的貧窮與長期的動亂是有關係的」；「我對異鄉人稱道高郵鴨蛋，是不大高興的，好像我們那窮地方就出鴨蛋似的！」

飲食中還有童年的快樂記憶，端午的鴨蛋「是孩子心愛的飾物」，「晚上捉了螢火蟲來，裝在蛋殼裏，空頭的地方糊一層薄羅。螢火蟲在鴨蛋殼裏一閃一閃地亮，好看極了！」

最終，這些都歸結為對家鄉的懷念：「我很想喝一碗鹹菜慈姑湯。我想念家鄉的雪」；「我不食砗螯四十五年矣」。柴米油鹽醬醋茶，飲食裏其實包含了五味人生。

炒米和焦屑

小時讀《板橋家書》:「天寒冰凍時暮,窮親戚朋友到門,先泡一大碗炒米送手中,佐以醬薑一小碟,最是暖老温貧之具。」覺得很親切。鄭板橋是興化人,我的家鄉是高郵,風氣相似。這樣的感情,是外地人們不易領會的。炒米是各地都有的。但是很多地方都做成了炒米糖。這是很便宜的食品。孩子買了,咯咯地嚼着。四川有「炒米糖開水」,車站碼頭都有得賣,那是泡着吃的。但四川的炒米糖似也是專業的作坊做的,不像我們那裏。我們那裏也有炒米糖,像別處一樣,切成長方形的一塊一塊。也有搓成圓球的,叫做「歡喜糰」。那也是作坊裏做的。但通常所説的炒米,是不加糖黏結的,是「散裝」的;而且不是作坊裏做出來,是自己家裏炒的。

説是自己家裏炒,其實是請了人來炒的。炒炒米也要點手藝,並不是人人都會的。入了冬,大概是過了冬至吧,有人背了一面大篩子,手持長柄的鐵鏟,大街小巷地走,這就是炒炒米的。有時帶一個助手,多半是個半大孩子,是幫他燒火的。請到家裏來,管一頓飯,給幾個錢,炒一天。或二斗,或半石;像我們家人口多,一次得炒一石糯米。炒炒米都是把一年所需一次炒齊,沒有零零碎碎炒的。過了這個季節,再找炒炒米的也找不着。一炒炒米,就讓人覺得,快要過年了。

裝炒米的罎子是固定的,這個罎子就叫「炒米罎子」,不作別的用途。舀炒米的東西也是固定的,一般人家大都是

用一個香煙罐頭。我的祖母用的是一個「柚子殼」。柚子，
——我們那裏柚子不多見，從頂上開一個洞，把裏面的瓤
掏出來，再塞上米糠，風乾，就成了一個硬殼的缽狀的東
西。她用這個柚子殼用了一輩子。

我父親有一個很怪的朋友，叫張仲陶。他很有學問，曾
教我讀過《項羽本紀》。他薄有田產，不治生業，整天在家
研究易經，算卦。他算卦用蓍草。全城只有他一個人用蓍草
算卦。據說他有幾卦算得極靈。有一家，丟了一隻金戒指，
懷疑是女用人偷了。這女用人蒙了冤枉，來求張先生算一
卦。張先生算了，說戒指沒有丟，在你們家炒米罈蓋子上。
一找，果然。我小時就不大相信，算卦怎麼能算得這樣準，
怎麼能算得出在炒米罈蓋子上呢？不過他的這一卦說明了一
件事，即我們那裏炒米罈子是幾乎家家都有的。

炒米這東西實在說不上有甚麼好吃。家常預備，不過
取其方便。用開水一泡，馬上就可以吃。在沒有甚麼東西好
吃的時候，泡一碗，可代早晚茶。來了平常的客人，泡一
碗，也算是點心。鄭板橋說「窮親戚朋友到門，先泡一大碗
炒米送手中」，也是說其省事，比下一碗掛麵還要簡單。炒
米是吃不飽人的。一大碗，其實沒有多少東西。我們那裏吃
泡炒米，一般是抓上一把白糖，如板橋所說「佐以醬薑一小
碟」，也有，少。我現在歲數大了，如有人請我吃泡炒米，
我倒寧願來一小碟醬生薑，——最好滴幾滴香油，那倒是還
有點意思的。另外還有一種吃法，用豬油煎兩個嫩荷包蛋
——我們那裏叫做「蛋瘟子」，抓一把炒米和在一起吃。這
種食品是只有「慣寶寶」才能吃得到的。誰家要是老給孩子

吃這種東西，街坊就會有議論的。

我們那裏還有一種可以急的食品，叫做「焦屑」。糊鍋巴磨成碎末，就是焦屑。我們那裏，餐餐吃米飯，頓頓有鍋巴。把飯鏟出來，鍋巴用小火烘焦，起出來，捲成一卷，存着。鍋巴是不會壞的，不發餿，不長黴。攢夠一定的數量，就用一具小石磨磨碎，放起來。焦屑也像炒米一樣，用開水沖沖，就能吃了。焦屑調勻後成糊狀，有點像北方的炒麵，但比炒麵爽口。

我們那裏的人家預備炒米和焦屑，除了方便，原來還有一層意思，是應急。在不能正常煮飯時，可以用來充飢。這很有點像古代行軍用的「糒」。有一年，記不得是哪一年，總之是我還小，還在上小學，黨軍（國民革命軍）和聯軍（孫傳芳的軍隊）在我們縣境內開了仗，很多人都躲進了紅十字會。不知道出於一種甚麼信念，大家都以為紅十字會是哪一方的軍隊都不能打進去的，進了紅十字會就安全了。紅十字會設在煉陽觀，這是一個道觀。我們一家帶了一點行李進了煉陽觀。祖母指揮着，特別關照，把一罈炒米和一罈焦屑帶了去。我對這種打破常規的生活極感興趣。晚上，爬到呂祖樓上去，看雙方軍隊槍炮的火光在東北面不知甚麼地方一陣一陣地亮着，覺得有點緊張，也很好玩。很多人家住在一起，不能煮飯，這一晚上，我們是沖炒米、泡焦屑度過的。沒有牀鋪，我把幾個道士誦經用的蒲團拼起來，在上面睡了一夜。這實在是我小時候度過的一個浪漫主義的夜晚。

第二天，沒事了，大家就都回家了。

炒米和焦屑和我家鄉的貧窮與長期的動亂是有關係的。

端午的鴨蛋

家鄉的端午，很多風俗和外地一樣。繫百索子。五色的絲線擰成小繩，繫在手腕上。絲線是掉色的，洗臉時沾了水，手腕上就印得紅一道綠一道的。做香角子。絲線纏成小粽子，裏頭裝了香麵，一個一個串起來，掛在帳鈎上。貼五毒。紅紙剪成五毒，貼在門檻上。貼符。這符是城隍廟送來的。城隍廟的老道士還是我的寄名乾爹，他每年端午節前就派小道士送符來，還有兩把小紙扇。符送來了，就貼在堂屋的門楣上。一尺來長的黃色、藍色的紙條，上面用朱筆畫些莫名其妙的道道，這就能辟邪麼？喝雄黃酒。用酒和的雄黃在孩子的額頭上畫一個「王」字，這是很多地方都有的。有一個風俗不知別處有不：放黃煙子。黃煙子是大小如北方的麻雷子的炮仗，只是裏面灌的不是硝藥，而是雄黃。點着後不響，只是冒出一股黃煙，能冒好一會。把點着的黃煙子丟在櫥櫃下面，説是可以熏五毒。小孩子點了黃煙子，常把它的一頭抵在板壁上寫虎字。寫黃煙虎字筆畫不能斷，所以我們那裏的孩子都會寫草書的「一筆虎」。還有一個風俗，是端午節的午飯要吃「十二紅」，就是十二道紅顏色的菜。十二紅裏我只記得有炒紅莧菜、油爆蝦、鹹鴨蛋，其餘的都記不清，數不出了。也許十二紅只是一個名目，不一定真湊足十二樣。不過午飯的菜都是紅的，這一點是我沒有記錯的，而且，莧菜、蝦、鴨蛋，一定是有的。這三樣，在我的家鄉，都不貴，多數人家是吃得起的。

我的家鄉是水鄉。出鴨。高郵大麻鴨是著名的鴨種。鴨

名家散文必讀系列·汪曾祺——

多，鴨蛋也多。高郵人也善於醃鴨蛋。高郵鹹鴨蛋於是出了名。我在蘇南、浙江，每逢有人問起我的籍貫，回答之後，對方就會肅然起敬：「哦！你們那裏出鹹鴨蛋！」上海的賣醃臘的店鋪裏也賣鹹鴨蛋，必用紙條特別標明：「高郵鹹蛋」。高郵還出雙黃鴨蛋。別處鴨蛋也偶有雙黃的，但不如高郵的多，可以成批輸出。雙黃鴨蛋味道其實無特別處。還不就是個鴨蛋！只是切開之後，裏面圓圓的兩個黃，使人驚奇不已。我對異鄉人稱道高郵鴨蛋，是不大高興的，好像我們那窮地方就出鴨蛋似的！不過高郵的鹹鴨蛋，確實是好，我走的地方不少，所食鴨蛋多矣，但和我家鄉的完全不能相比！曾經滄海難為水，他鄉鹹鴨蛋，我實在瞧不上。袁枚的《隨園食單・小菜單》有「醃蛋」一條。袁子才這個人我不喜歡，他的《食單》好些菜的做法是聽來的，他自己並不會做菜。但是「醃蛋」這一條我看後卻覺得很親切，而且「與有榮焉」。文不長，錄如下：

> 醃蛋以高郵為佳，顏色細而油多，高文端公最喜食之。席間，先夾取以敬客，放盤中。總宜切開帶殼，黃白兼用；不可存黃去白，使味不全，油亦走散。

高郵鹹蛋的特點是質細而油多。蛋白柔嫩，不似別處的發乾、發粉，入口如嚼石灰。油多尤為別處所不及。鴨蛋的吃法，如袁子才所說，帶殼切開，是一種，那是席間待客的辦法。平常食用，一般都是敲破「空頭」用筷子挖着吃。筷子頭一扎下去，吱 —— 紅油就冒出來了。高郵鹹蛋的黃是

通紅的。蘇北有一道名菜，叫做「朱砂豆腐」，就是用高郵鴨蛋黃炒的豆腐。我在北京吃的鹹鴨蛋，蛋黃是淺黃色的，這叫甚麼鹹鴨蛋呢！

端午節，我們那裏的孩子興掛「鴨蛋絡子」。頭一天，就由姑姑或姐姐用彩色絲線打好了絡子。端午一早，鴨蛋煮熟了，由孩子自己去挑一個，鴨蛋有甚麼可挑的呢！有！一要挑淡青殼的。鴨蛋殼有白的和淡青的兩種。二要挑形狀好看的。別說鴨蛋都是一樣的，細看卻不同。有的樣子蠢，有的秀氣。挑好了，裝在絡子裏，掛在大襟的紐扣上。這有甚麼好看呢？然而它是孩子心愛的飾物。鴨蛋絡子掛了多半天，甚麼時候孩子一高興，就把絡子裏的鴨蛋掏出來，吃了。端午的鴨蛋，新醃不久，只有一點淡淡的鹹味，白嘴吃也可以。

孩子吃鴨蛋是很小心的，除了敲去空頭，不把蛋殼碰破。蛋黃蛋白吃光了，用清水把鴨蛋裏面洗淨，晚上捉了螢火蟲來，裝在蛋殼裏，空頭的地方糊一層薄羅。螢火蟲在鴨蛋殼裏一閃一閃地亮，好看極了！

小時讀囊螢映雪故事，覺得東晉的車胤用練囊盛了幾十隻螢火蟲，照了讀書，還不如用鴨蛋殼來裝螢火蟲。不過用螢火蟲照亮來讀書，而且一夜讀到天亮，這能行麼？車胤讀的是手寫的卷子，字大，若是讀現在的新五號字，大概是不行的。

鹹菜慈姑[①] 湯

一到下雪天，我們家就喝鹹菜湯，不知是甚麼道理。是因為雪天買不到青菜？那也不見得。除非大雪三日，賣菜的出不了門，否則他們總還會上市賣菜的。這大概只是一種習慣。一早起來，看見飄雪花了，我就知道：今天中午是鹹菜湯！

鹹菜是青菜醃的。我們那裏過去不種白菜，偶有賣的，叫做「黃芽菜」，是外地運去的，很名貴。一盤黃芽菜炒肉絲，是上等菜。平常吃的，都是青菜，青菜似油菜，但高大得多。入秋，醃菜，這時青菜正肥。把青菜成擔地買來，洗淨，晾去水氣，下缸。一層菜，一層鹽，碼實，即成。隨吃隨取，可以一直吃到第二年春天。

醃了四五天的新鹹菜很好吃，不鹹，細、嫩、脆、甜，難可比擬。

鹹菜湯是鹹菜切碎了煮成的。到了下雪的天氣，鹹菜已經醃得很鹹了，而且已經發酸。鹹菜湯的顏色是暗綠的。沒有吃慣的人，是不容易引起食慾的。

鹹菜湯裏有時加了慈姑片，那就是鹹菜慈姑湯。或者叫慈姑鹹菜湯，都可以。

我小時候對慈姑實在沒有好感。這東西有一種苦味。民國二十年，我們家鄉鬧大水，各種作物減產，只有慈姑卻豐收。那一年我吃了很多慈姑，而且是不去慈姑的嘴子的，真難吃。

---

① 　慈姑，一種植物，長在水中，球莖可吃。

我十九歲離鄉，輾轉漂流，三四十年沒有吃到慈姑，並不想。

　　前好幾年，春節後數日，我到沈從文老師家去拜年，他留我吃飯，師母張兆和炒了一盤慈姑肉片。沈先生吃了兩片慈姑，説：「這個好！格比土豆高。」我承認他這話。吃菜講究「格」的高低，這種語言正是沈老師的語言。他是對甚麼事物都講「格」的，包括對於慈姑、土豆。

　　因為久違，我對慈姑有了感情。前幾年，北京的菜市場在春節前後有賣慈姑的。我見到，必要買一點回來加肉炒了。家裏人都不怎麼愛吃。所有的慈姑，都由我一個人「包圓兒」了。

　　北方人不識慈姑。我買慈姑，總要有人問我：「這是甚麼？」——「慈姑。」——「慈姑是甚麼？」這可不好回答。

　　北京的慈姑賣得很貴，價錢和「洞子貨」（温室所產）的西紅柿、野雞脖韭菜差不多。

　　我很想喝一碗鹹菜慈姑湯。

　　我想念家鄉的雪。

虎頭鯊·昂嗤魚·硨螯[2]·螺螄·蜆子[3]

　　蘇州人特重塘鱧魚[4]。上海人也是，一提起塘鱧魚，眉飛色舞。塘鱧魚是甚麼魚？我嚮往之久矣。到蘇州，曾想嚐嚐

---

②　硨（chē）螯，一種軟體動物。

③　蜆（xiǎn）子，一種軟體動物。

④　塘鱧（lǐ）魚，一種魚。

塘鱧魚，未能如願。後來我知道：塘鱧魚就是虎頭鯊，嗐！

塘鱧魚亦稱土步魚。《隨園食單》：「杭州以土步魚為上品，而金陵人賤之，目為虎頭蛇，可發一笑。」虎頭蛇即虎頭鯊。這種魚樣子不好看，而且有點兇惡。渾身紫褐色，有細碎黑斑，頭大而多骨，鰭如蝶翅。這種魚在我們那裏也是賤魚，是不能上席的。蘇州人做塘鱧魚有清炒、椒鹽多法。我們家鄉通常的吃法是氽湯，加醋、胡椒。虎頭鯊氽湯，魚肉極細嫩，鬆而不散，湯味極鮮，開胃。

昂嗤魚的樣子也很怪，頭扁嘴闊，有點像鯰魚，無鱗，皮色黃，有淺黑色的不規整的大斑。無背鰭。而背上有一根很硬的尖銳的骨刺。用手捏起這根骨刺，牠就發出昂嗤昂嗤小小的聲音。這聲音是怎麼發出來的，我一直沒弄明白。這種魚是由這種聲音得名的。牠的學名是甚麼，只有去問魚類學專家了。這種魚沒有很大的，七八寸長的，就算難得的了。這種魚也很賤，連鄉下人也看不起。我的一個親戚在農村插隊，見到昂嗤魚，買了一些，農民都笑他：「買這種魚幹甚麼！」昂嗤魚其實是很好吃的。昂嗤魚通常也是氽湯。虎頭鯊是醋湯，昂嗤魚不加醋，湯白如牛乳，是所謂「奶湯」。昂嗤魚也極細嫩，鰓邊的兩塊蒜瓣肉有大拇指大，堪稱至味。有一年，北京一家魚店不知從哪裏運來一些昂嗤魚，無人問津。顧客都不識這是啥魚。有一位賣魚的老師傅倒知道：「這是昂嗤。」我看到，高興極了，買了十來條。回家一做，滿不是那麼一回事！昂嗤要吃活的（虎頭鯊也是活殺）。長途轉運，又在冷庫裏冰了一些日子，肉質變硬，鮮味全失，一點意思都沒有！

硨螯我的家鄉叫饞螯，硨螯是揚州人的叫法。我在大連見到花蛤，我以為這是硨螯。不是。形狀很相似，入口全不同。花蛤肉粗而硬，咬不動。硨螯極柔軟細嫩。硨螯好像是淡水裏產的，但味道卻似海鮮。有點像蠣黃，但比蠣黃味道清爽。比青蛤、蚶子味厚。硨螯可清炒，燒豆腐，或與鹹肉同煮。硨螯燒烏青菜（江南人叫塌苦菜），風味絕佳。烏青菜如是經霜而現拔的，尤美。我不食硨螯四十五年矣。

　　硨螯殼稍呈三角形，質堅，白如細瓷，而有各種顏色的弧形花斑，有淺紫的，有暗紅的，有赭石、墨藍的，很好看。家裏買了硨螯，挖出硨螯肉，我們就從一堆硨螯殼裏去挑選，挑到好的，洗淨了留起來玩。硨螯殼的鉸合部有兩個突出的尖嘴子，把尖嘴子在糙石上磨磨，不一會就磨出兩個小圓洞，含在嘴裏吹，嗚嗚地響，且有細細顫音，如風吹窗紙。

　　螺螄處處有之。我們家鄉清明吃螺螄，謂可以明目。用五香煮熟螺螄，分給孩子，一人半碗，由他們自己用竹籤挑着吃。孩子吃了螺螄，用小竹弓把螺螄殼射到屋頂上，咔啦咔啦地響。夏天「檢漏」，瓦匠總要掃下好些螺螄殼。這種小弓不作別的用處，就叫做螺螄弓，我在小說《戴車匠》裏對螺螄弓有較詳細的描寫。

　　蜆子是我所見過的貝類裏最小的了，只有一粒瓜子大。蜆子是剝了殼賣的。剝蜆子的人家附近堆了好多蜆子殼，像一個墳頭。蜆子炒韭菜，很下飯。這種東西非常便宜，為小户人家的恩物。

　　有一年修運河堤。按工程規定，有一段堤面應鋪碎石，

名家散文必讀系列・汪曾祺

包工的貪污了款子，在堤面鋪了一層蜆子殼。前來檢收的委員，坐在汽車裏，向外一看，白花花的一片，還抽着雪茄煙，連說：「很好！很好！」

我的家鄉富水產。魚中之名貴的是鯿魚、白魚（尤重翹嘴白）、鯚花魚（即鱖魚），謂之「鯿、白、鯚」。蝦有青蝦、白蝦。蟹極肥。以無特點，故不及。

野鴨 · 鵪鶉 · 斑鳩 · 鵽

過去我們那裏野鴨子很多。水鄉，野鴨子自然多。秋冬之際，天上有時「過」野鴨子，黑乎乎的一大片，在地上可以聽到牠們鼓翅的聲音，呼呼的，好像颳大風。野鴨子是槍打的（野鴨肉裏常常有很細的鐵砂子，吃時要小心），但打野鴨子的人自己不進城來賣。賣野鴨子有專門的攤子。有時賣魚的也賣野鴨子，把一個養活魚的木盆翻過來，野鴨一對一對地擺在盆底，賣野鴨子是不用秤約的，都是一對一對地賣。野鴨子是有一定分量的。依分量大小，有一定的名稱，如「對鴨」、「八鴨」。哪一種有多大分量，我現在已經記不清了。賣野鴨子都是帶毛的。賣野鴨子的可以代客當場去毛，拔野鴨毛是不能用開水燙的。野鴨子皮薄，一燙，皮就破了。乾拔。賣野鴨子的把一隻鴨子放入一個麻袋裏，一手提鴨，一手拔毛，一會兒就拔淨了。——放在麻袋裏拔，是防止鴨毛飛散。代客拔毛，不另收費，賣野鴨子的只要那一點鴨毛。——野鴨毛是值錢的。

野鴨的吃法通常是切塊紅燒。清燉大概也可以吧，我沒有吃過。野鴨子肉的特點是：細、「酥」，不像家鴨每每肉

老。野鴨燒鹹菜是我們那裏的家常菜。裏面的鹹菜尤其是佐粥的妙品。

現在我們那裏的野鴨子很少了。前幾年我回鄉一次，偶有，賣得很貴。原因據說是因為縣裏對各鄉水利作了全面綜合治理，過去的水蕩子、荒灘少了，野鴨子無處棲息。而且，野鴨子過去是吃收割後遺撒在田裏的穀粒的，現在收割得很乾淨，顆粒歸倉，野鴨子沒有甚麼可吃的，不來了。

鵪鶉是網捕的。我們那裏吃鵪鶉的人家少，因為這東西只有由鄉下的親戚送來，市面上沒有賣的。鵪鶉大都是用五香鹵了吃。也有用油炸了的。鵪鶉能鬥，但我們那裏無鬥鵪鶉的風氣。

我看見過獵人打斑鳩。我在讀初中的時候，午飯後，我到學校後面的野地裏去玩。野地裏有小河，有野薔薇，有金黃色的茼蒿花，有蒼耳（蒼耳子有小鈎刺，能掛在衣褲上，我們管它叫「萬把鈎」），有才抽穗的蘆荻。在一片樹林裏，我發現一個獵人。我們那裏獵人很少，我從來沒有見過獵人，但是我一看見他，就知道：他是一個獵人。這個獵人給我一個非常猛厲的印象。他穿了一身黑，下面卻纏了鮮紅的綁腿。他很瘦。他的眼睛黑，且冷。他握着槍。他在幹甚麼？樹林上面飛過一隻斑鳩。他在追逐這隻斑鳩。斑鳩分明已經發現獵人了。牠想逃脫。斑鳩飛到北面，在樹上落一落，獵人一步一步往北走。斑鳩連忙往南面飛，獵人揚頭看了一眼，斑鳩落定了，獵人又一步一步往南走，非常冷靜。這是一場無聲的，然而非常緊張的、堅持的較量。斑鳩來回飛，獵人來回走。我很奇怪，為甚麼斑鳩不往樹林外面飛。

這樣幾個來回，斑鳩慌了神了，牠飛得不穩了，歪歪倒倒的，失去了原來均勻的節奏。忽然，砰，——槍聲一響，斑鳩應聲而落。獵人走過去，拾起斑鳩，看了看，裝在獵袋裏。他的眼睛很黑，很冷。

我在小說《異秉》裏提到王二的熏燒攤子上，春天，賣一種叫做「鵽」的野味。鵽這種東西我在別處沒看見過。「鵽」這個字很多人也不認得。多數字典裏不收。《辭海》裏倒有這個字，標音為「duò」，又讀「zhuā」。zhuā 與我鄉讀音較近，但我們那裏是讀入聲的，這只有用國際音標才標得出來。即使用國際音標標出，在不知道「短促急收藏」的北方人也是讀不出來的。《辭海》「鵽」字條下注云：「見鵽鳩」，似以為「鵽」即「鵽鳩」。而在「鵽鳩」條下注云：「鳥名。雉屬。即『沙雞』。」這就不對了。沙雞我是見過的，吃過的。內蒙、張家口多出沙雞。《爾雅·釋鳥》郭璞注：「出北方沙漠地。」不錯。北京冬季偶爾也有賣的。沙雞嘴短而紅，腿也短。我們那裏的鵽卻是水鳥，嘴長，腿也長。鵽的滋味和沙雞有天淵之別。沙雞肉較粗，略帶酸味；鵽肉極細，非常香。我一輩子沒有吃過比鵽更香的野味。

蔞蒿·枸杞·薺菜·馬齒莧

小說《大淖記事》：「春初水暖，沙洲上冒出很多紫紅色的蘆芽和灰綠色的蔞蒿，很快就是一片翠綠了。」我在書頁下方加了一條注：「蔞蒿是生於水邊的野草，粗如筆管，

有節，生狹長的小葉，初生二寸來高，叫做『蔞蒿薹⑤子』，加肉炒食極清香。……」蔞蒿的蔞字，我小時不知怎麼寫，後來偶然看了一本甚麼書，才知道的。這個字音「呂」。我小學有一個同班同學，姓呂，我們就給他起了個外號，叫「蔞蒿薹子」（蔞蒿薹子家開了一爿糖坊，小學畢業後未升學，我們看見他坐在糖坊裏當小老闆，覺得很滑稽）。但我查了幾本字典，「蔞」都音「樓」，我有點恍惚了。「樓」、「呂」一聲之轉。許多從「婁」的字都讀「呂」，如「屢」、「縷」、「褸」……這本來無所謂，讀「樓」讀「呂」，關係不大。但字典上都説蔞蒿是蒿之一種，即白蒿，我卻有點不以為然了。我小説裏寫的蔞蒿和蒿其實不相干。讀蘇東坡《惠崇春江晚景》詩：「竹外桃花三兩枝，春江水暖鴨先知。蔞蒿滿地蘆芽短，正是河豚欲上時。」此蔞蒿生於水邊，與蘆芽為伴，分明是我的家鄉人所吃的蔞蒿，非白蒿。或者「即白蒿」的蔞蒿別是一種，未可知矣。深望懂詩、懂植物學，也懂吃的博雅君子有以教我。

　　我的小説注文中所説的「極清香」，很不具體。嗅覺和味覺是很難比方，無法具體的。昔人以為荔枝味似軟棗，實在是風馬牛不相及。我所謂「清香」，即食時如坐在河邊聞到新漲的春水的氣味。這是實話，並非故作玄言。

　　枸杞到處都有。開花後結長圓形的小漿果，即枸杞子。

名家散文必讀系列 · 汪曾祺

----

⑤　薹（tái），蒜、韭菜、油菜等生長到一定階段時在中央部分長出的細長的莖，嫩的可以當蔬菜吃。

我們叫它「狗奶子」，形狀頗像。本地產的枸杞子沒有入藥
的，大概不如寧夏產的好。枸杞是多年生植物。春天，冒出
嫩葉，即枸杞頭。枸杞頭是容易採到的。偶爾也有近城的鄉
村的女孩子採了，放在竹籃裏叫賣：「枸杞頭來！……」枸
杞頭可下油鹽炒食；或用開水焯了，切碎，加香油、醬油、
醋，涼拌了吃。那滋味，也只能說「極清香」。春天吃枸杞
頭，云可以清火，如北方人吃苣蕒菜一樣。

「三月三，薺菜花賽牡丹。」俗謂是日以薺菜花置灶
上，則螞蟻不上鍋台。

北京也偶有薺菜賣。菜市上賣的是園子裏種的，莖白葉
大，顏色較野生者淺淡，無香氣。農貿市場間有南方的老太
太挑了野生的來賣，則又過於細瘦，如一團亂髮，製熟後強
硬扎嘴。總不如南方野生的有味。

江南人慣用薺菜包春卷，包餛飩，甚佳。我們家鄉有用
來包春卷的，用來包餛飩的沒有，——我們家鄉沒有「菜肉
餛飩」。一般是涼拌。薺菜焯熟剁碎，界首茶乾切細丁，入
蝦米，同拌。這道菜是可以上酒席做涼菜的。酒席上的涼拌
薺菜都用手搏成一座尖塔，臨吃推倒。

馬齒莧現在很少有人吃。古代這是相當重要的菜蔬。莧
分人莧、馬莧。人莧即今莧菜，馬莧即馬齒莧。我們祖母每
於夏天摘肥嫩的馬齒莧晾乾，過年時做餡包包子。她是吃長
齋的，這種包子只有她一個人吃。我有時從她的盤子裏拿一
個，蘸了香油吃，挺香。馬齒莧有點淡淡的酸味。

馬齒莧開花，花瓣如一小囊。我們有時捉了一個啞巴知
了，——知了是應該會叫的，捉住一個啞巴，多麼掃興！於

是就摘了兩個馬齒莧的花瓣套住牠的眼睛，——馬齒莧花瓣套知了眼睛正合適，一撒手，這知了就拚命往高處飛，一直飛到看不見！

　　三年自然災害，我在張家口沙嶺子吃過不少馬齒莧。那時候，這是寶物！

臘梅花

◖ 導讀

此文寫於 1987 年 2 月 18 日，載於 1987 年第 6 期《作家》。

汪曾祺先生曾說過，自己的創作受過廢名的影響，尤其是「追隨流動的意識」，認為廢名的行文「好比一溪流水，遇到一片草葉，都要去撫摸一下，然後又汪汪地向前流去」。這一點，從《臘梅花》中可窺見一斑。

臘梅花由小孫女唱的兒歌引出來，「雪花、冰花、臘梅花⋯⋯」，聲音旋即轉為作家自己畫在紙上的臘梅花形象，又躍入周紫芝《竹坡詩話》一書的字裏行間，「東南之有臘梅，蓋自近時始。⋯⋯」再轉入頤和園藻鑒堂的大花盆中，「綠葉披紛，沒有人注意」。緊接着，有關臘梅花的種種，徐徐沉入到記憶深處，小時候家裏後園的四棵大臘梅：臘月裏折臘梅放在瓷瓶裏養；大年初一選摘全是骨朵的臘梅，用銅絲穿珠花，送給長輩們戴在頭上。最後，猛然回到眼下：「我應該當一個工藝美術師的，寫甚麼屁小說！」

臘梅花是敍事的線索，是它促成了「流動的意識」，寫成一篇意趣盎然的小品文。

「雪花、冰花、臘梅花……」我的小孫女這一陣老是唱這首兒歌。其實她沒有見過真的臘梅花，只是從我畫的畫上見過。

周紫芝《竹坡詩話》云：

> 東南之有臘梅，蓋自近時始。余為兒童時，猶未之見。元祐間，魯直諸公方有詩，前此未嘗有賦此詩者。政和間，李端叔在姑溪，元夕見之僧舍中，嘗作兩絕，其後篇云：「程氏園當尺五天，千金爭賞憑朱欄。莫因今日家家有，便作尋常兩等看。」觀端叔此詩，可以知前日之未嘗有也。[1]

看他的意思，臘梅是從北方傳到南方去的。但是據我的印象，現在倒是南方多，北方少見，尤其難見到長成大樹的。我在頤和園藻鑒堂見過一棵，種在大花盆裏，放在樓梯拐角處。因為不是開花的時候，綠葉披紛，沒有人注意。和我一起住在藻鑒堂的幾個搞劇本的同志，都不認識這是甚麼。

我的家鄉有臘梅花的人家不少。我家的後園有四棵很大的臘梅。這四棵臘梅，從我記事的時候，就已經是那樣大了。很可能是我的曾祖父在世的時候種的。這樣大的臘梅，我以後在別處沒有見過。主幹有湯碗口粗細，並排種在一

---

① 周紫芝（1082—1155），南宋文學家。《竹坡詩話》裏這段話的大致意思是臘梅到了北宋黃庭堅（字魯直）、李之儀（字端叔）詩中才出現，之前未見。

個磚砌的花台上。這四棵臘梅的花心是紫褐色的，按說這是名種，即所謂「檀心磬口」。臘梅有兩種，一種是檀心的，一種是白心的。我的家鄉偏重白心的，美其名曰「冰心臘梅」，而將檀心的貶為「狗心臘梅」。臘梅和狗有甚麼關係呢？真是毫無道理！因為它是狗心的，我們也就不大看得起它。

不過憑良心說，臘梅是很好看的。其特點是花極多——這也是我們不太珍惜它的原因。物稀則貴，這樣多的花，就沒有甚麼稀罕了。每個枝條上都是花，無一空枝。而且長得很密，一朵挨着一朵，擠成了一串。這樣大的四棵大臘梅，滿樹繁花，黃燦燦地吐向冬日的晴空，那樣的熱熱鬧鬧，而又那樣的安安靜靜，實在是一個不尋常的境界。不過我們已經司空見慣，每年都有一回。

每年臘月，我們都要折臘梅花。上樹是我的事。臘梅木質疏鬆，枝條脆弱，上樹是有點危險的。不過臘梅多枝杈，便於登踏，而且我年幼身輕，正是「一日上樹能千回」的時候，從來也沒有掉下來過。我的姐姐在下面指點着：「這枝，這枝！——哎，對了，對了！」我們要的是橫斜旁出的幾枝，這樣的不蠢；要的是幾朵半開，多數是骨朵的，這樣可以在瓷瓶裏養好幾天——如果是全開的，幾天就謝了。

下雪了，過年了。大年初一，我早早就起來，到後園選摘幾枝全是骨朵的臘梅，把骨朵都剝下來，用極細的銅絲——這種銅絲是穿珠花用的，就叫做「花絲」，把這些骨朵穿成插鬢的花。我們縣北門的城門口有一家穿珠花的鋪子，我放學回家路過，總要鑽進去看幾個女工怎樣穿珠花，我就

用她們的辦法穿成各式各樣的臘梅珠花。我在這些臘梅珠子花當中嵌了幾粒天竺果 —— 我家後園的一角有一棵天竺。黃臘梅、紅天竺，我到現在還很得意：那是真很好看的。我把這些臘梅珠花送給我的祖母，送給大伯母，送給我的繼母。她們梳了頭，就插戴起來。然後，互相拜年。我應該當一個工藝美術師的，寫甚麼屁小說！

一九八七年二月十八日

金岳霖先生

導讀

《金岳霖先生》寫於 1987 年 2 月 23 日，發表在 1987 年第 5 期《讀書》上。汪曾祺先生回憶了西南聯大著名的哲學教授金岳霖。文章抓住了金岳霖的一個特點「怪」，傳神地寫出了一位性格獨特、學問淵深、可敬可愛的學者形象。

文章開篇就說「金先生的樣子有點怪」，然後用類似素描的筆法勾勒出金岳霖的外貌神情，順便寫及聞一多、朱自清等西南聯大教授羣像，把我們帶入那個令人神往的時代。文章接着寫金岳霖的授課場景，體現出他嚴謹又不失幽默的個性。然後談及金岳霖的日常生活，讓我們看到這位大學者天真有趣的一面。通過記敘金岳霖的交遊圈子，又引出西南聯大時期學者雲集的盛況。最後筆鋒一轉，帶出金岳霖晚年的一件趣事。80 歲的金岳霖為了「接觸社會」，每天讓一個三輪車夫帶着他到王府井一帶轉一圈。在淡淡的筆調中，我們感覺到了生命的滄桑之感。

在文章末尾，汪曾祺說「聯大的許多教授都應該有人好好地寫一寫」，這樣就把文章的意蘊從金岳霖一人提升到整個西南聯大，令人對那個思想才學彼此碰撞、自由交流的聯大歲月悠然神往。

西南聯大有許多很有趣的教授，金岳霖先生是其中的一位。金先生是我的老師沈從文先生的好朋友。沈先生當面和背後都稱他為「老金」。大概時常來往的熟朋友都這樣稱呼他。關於金先生的事，有一些是沈先生告訴我的。我在《沈從文先生在西南聯大》一文中提到過金先生。有些事情在那篇文章裏沒有寫進去，覺得還應該寫一寫。

　　金先生的樣子有點怪。他常年戴着一頂呢帽，進教室也不脫下。每一學年開始，給新的一班學生上課，他的第一句話總是：「我的眼睛有毛病，不能摘帽子，並不是對你們不尊重，請原諒。」他的眼睛有甚麼病，我不知道，只知道怕陽光。因此他的呢帽的前簷壓得比較低，腦袋總是微微地仰着。他後來配了一副眼鏡，這副眼鏡一隻的鏡片是白的，一隻是黑的。這就更怪了。後來在美國講學期間把眼睛治好了 —— 好一些了，眼鏡也換了，但那微微仰着腦袋的姿態一直還沒有改變。他身材相當高大，經常穿一件煙草黃色的麂皮夾克，天冷了就在裏面圍一條很長的駝色的羊絨圍巾。聯大的教授穿衣服是各色各樣的。聞一多先生有一陣穿一件式樣過時的灰色舊夾袍，是一個親戚送給他的，領子很高，袖口極窄。聯大有一次在龍雲的長子、蔣介石的乾兒子龍繩武家裏開校友會，—— 龍雲的長媳是清華校友，聞先生在會上大罵「蔣介石，王八蛋！混蛋！」那天穿的就是這件高領窄袖的舊夾袍。朱自清先生有一陣披着一件雲南趕馬人穿的藍色氈子的「一口鐘」。除了體育教員，教授裏穿夾克的，好像只有金先生一個人。他的眼神即使是到美國治了後也還是不大好，走起路來有點深一腳淺一腳。他就這樣穿着黃夾

克，微仰着腦袋，深一腳淺一腳地在聯大新校舍的一條土路上走着。

金先生教邏輯。邏輯是西南聯大規定文學院一年級學生的必修課，班上學生很多，上課在大教室，坐得滿滿的。在中學裏沒有聽説有邏輯這門學問，大一的學生對這課很有興趣。金先生上課有時要提問，那麼多的學生，他不能都叫得上名字來 —— 聯大是沒有點名冊的，他有時一上課就宣佈：「今天，穿紅毛衣的女同學回答問題。」於是所有穿紅衣的女同學就都有點緊張，又有點興奮。那時聯大女生在藍陰丹士林旗袍外面套一件紅毛衣成了一種風氣。——穿藍毛衣、黃毛衣的極少。問題回答得流利清楚，也是件出風頭的事。金先生很注意地聽着，完了，説：「Yes！請坐！」

學生也可以提出問題，請金先生解答。學生提的問題深淺不一，金先生有問必答，很耐心。有一個華僑同學叫林國達，操廣東普通話，最愛提問題，問題大都奇奇怪怪。他大概覺得邏輯這門學問是挺「玄」的，應該提點怪問題。有一次他又站起來提了一個怪問題，金先生想了一想，説：「林國達同學，我問你一個問題：Mr. 林國達 is perpendicular to the blackboard（林國達君垂直於黑板），這是甚麼意思？」林國達傻了。林國達當然無法垂直於黑板，但這句話在邏輯上沒有錯誤。

林國達游泳淹死了。金先生上課，説：「林國達死了，很不幸。」這一堂課，金先生一直沒有笑容。

有一個同學，大概是陳藴珍，即蕭珊，曾問過金先生：「您為甚麼要搞邏輯？」邏輯課的前一半講三段論，大

前提、小前提、結論、周延、不周延、歸納、演繹……還比較有意思。後半部全是符號，簡直像高等數學。她的意思是：這種學問多麼枯燥！金先生的回答是：「我覺得它很好玩。」

除了文學院大一學生必修課邏輯，金先生還開了一門「符號邏輯」，是選修課。這門學問對我來說簡直是天書。選這門課的人很少，教室裏只有幾個人。學生裏最突出的是王浩。金先生講着講着，有時會停下來，問：「王浩，你以為如何？」這堂課就成了他們師生二人的對話。王浩現在在美國。前些年寫了一篇關於金先生的較長的文章，大概是論金先生之學的，我沒有見到。

王浩和我是相當熟的。他有個要好的朋友王景鶴，和我同在昆明黃土坡一個中學教書，王浩常來玩。來了，常打籃球。大都是吃了午飯就打。王浩管吃了飯就打球叫「練盲腸」。王浩的相貌頗「土」，腦袋很大，剪了一個光頭，——聯大同學剪光頭的很少，說話帶山東口音。他現在成了洋人——美籍華人，國際知名的學者，我實在想像不出他現在是甚麼樣子。前年他回國講學，託一個同學要我給他畫一張畫。我給他畫了幾個青頭菌、牛肝菌，一根大葱，兩頭蒜，還有一塊很大的宣威火腿。——火腿是很少入畫的。我在畫上題了幾句話，有一句是「以慰王浩異國鄉情」。王浩的學問，原來是師承金先生的。一個人一生哪怕只教出一個好學生，也值得了。當然，金先生的好學生不止一個人。

金先生是研究哲學的，但是他看了很多小說。從普魯斯特到福爾摩斯，都看。聽說他很愛看平江不肖生的《江湖

奇俠傳》。有幾個聯大同學住在金雞巷，陳蘊珍、王樹藏、劉北汜、施載宣（蕭荻）。樓上有一間小客廳。沈先生有時拉一個熟人去給少數愛好文學，寫寫東西的同學講一點甚麼。金先生有一次也被拉了去。他講的題目是《小說和哲學》。題目是沈先生給他出的。大家以為金先生一定會講出一番道理。不料金先生講了半天，結論卻是：小說和哲學沒有關係。有人問：那麼《紅樓夢》呢？金先生說：「《紅樓夢》裏的哲學不是哲學。」他講着講着，忽然停下來：「對不起，我這裏有個小動物。」他把右手伸進後脖頸，捉出了一個跳蚤，捏在手指裏看看，甚為得意。

金先生是個單身漢（聯大教授裏不少光棍，楊振聲先生曾寫過一篇遊戲文章《釋鰥》，在教授間傳閱），無兒無女，但是過得自得其樂。他養了一隻很大的鬥雞（雲南出鬥雞）。這隻鬥雞能把脖子伸上來，和金先生一個桌子吃飯。他到處搜羅大梨、大石榴，拿去和別的教授的孩子比賽。比輸了，就把梨或石榴送給他的小朋友，他再去買。

金先生朋友很多，除了哲學家的教授外，時常來往的，據我所知，有梁思成、林徽因夫婦，沈從文，張奚若……君子之交淡如水，坐定之後，清茶一杯，閒話片刻而已。金先生對林徽因的談吐才華，十分欣賞。現在的年輕人多不知道林徽因。她是學建築的，但是對文學的趣味極高，精於鑒賞，所寫的詩和小說如《窗子以外》、《九十九度中》風格清新，一時無二。林徽因死後，有一年，金先生在北京飯店請了一次客，老朋友收到通知，都納悶：老金為甚麼請客？到了之後，金先生才宣佈：「今天是徽因的生日。」

金先生晚年深居簡出。毛主席曾經對他説：「你要接觸接觸社會。」金先生已經八十歲了，怎麼接觸社會呢？他就和一個蹬平板三輪車的約好，每天拉着他到王府井一帶轉一大圈。我想像金先生坐在平板三輪上東張西望，那情景一定非常有趣。王府井人擠人，熙熙攘攘，誰也不會知道這位東張西望的老人是一位一肚子學問，為人天真、熱愛生活的大哲學家。

　　金先生治學精深，而著作不多。除了一本大學叢書裏的《邏輯》，我所知道的，還有一本《論道》。其餘還有甚麼，我不清楚，須問王浩。

　　我對金先生所知甚少。希望熟知金先生的人把金先生好好寫一寫。

　　聯大的許多教授都應該有人好好地寫一寫。

　　　　　　　　　　　　　　　一九八七年二月二十三日

猴王的羅曼史

◗ 導讀

「猴王的羅曼史」，望文生義，還以為是印度神猴哈奴曼或者花果山美猴王的故事呢！「猴王」，就挺神氣的；加上「羅曼史」，更是錦上添花，令人情不自禁地渴欲一讀。

一讀之下，卻不免失望沮喪。「哪一隻公猴子把其他的公猴都打敗了，他就是猴王。」「猴羣裏所有的母猴名義上都是猴王的姬妾，但是猴王有一個固定的大老婆，即猴后。」猴王要統治猴羣，猴后自然應當母儀猴族，故此不許搞婚外戀。終於是由於一次婚外戀事件，猴后被「逐到山裏去了」。然而故事並不完。「這猴后到山裏跟另一猴羣的二王結了婚，還生了個猴太子。」前猴王駕崩，猴后回原猴羣攝政，竟將第二任丈夫「招婿上門，當了這羣猴的猴王」。「猴王」倒是貨真價實，但未免太真，以至於沒有新奇感。「羅曼史」又在哪裏呢？

這種文章有時令人費解，作者的意圖何在？文章又美在何處呢？汪曾祺在《語言是本質的東西》一文中說：「小說作者的語言是他的人格的一部分。語言體現小說作者對生活的基本的態度。」這篇文章最具特色之處在以詼諧風趣的語言來談論猴羣的世界。這種手法拉近了人與動物之間的距離，使陌生的猴子世界變得像人類世界一樣可親可愛，充滿喜怒哀樂，如在眼前。當然，還有作家幽默的人生態度，會心處令人莞爾一笑。

遊索溪峪，陪同我的老萬説，有一處山坳裏養着一羣猴子，看猴子的人會唱猴歌，通猴語，他問我有沒有興趣去看看，我説：有！

　　看猴的五十多歲了，獨臂，他説他家五代都在山裏捉猴子。他説猴有猴羣，「人」數不等，二三十隻到近百隻的都有，猴羣有王。正是打出來的。每年都要打一次。哪一隻公猴子把其他的公猴都打敗了（母猴不參加），他就是猴王。猴王一到，所有的猴子都站在兩邊。除了大王，還有二王、三王。

　　這裏的這羣猴原來是山裏的野猴，有一年下大雪，山裏沒吃的，猴羣跑到這裏來，他撒一點包穀餵餵他們，這羣猴就在這裏定居了。

　　猴羣裏所有的母猴名義上都是猴王的姬妾，但是猴王有一個固定的大老婆，即猴后。別的母猴和其他公猴「做愛」，猴王也是睜一眼閉一眼，但是正室大夫人絕對不許亂搞。這羣猴的猴后和別的公猴亂搞，被原先的猴王發現，他就把猴后痛打一頓，逐到山裏去了。這猴后到山裏跟另一猴羣的二王結了婚，還生了個猴太子。後來這羣猴的猴王死了，猴后回來看了看，就把她的第二個丈夫迎了來，招婿上門，當了這羣猴的猴王。

　　誰是猴王？一看就看得出來。他比別的猴子要魁偉得多，毛色金黃發亮。臉型也有點特別，下鑭不尖而方。雙目炯炯，樣子很威嚴，的確有點帝王氣象。跟他貼身坐着的，想必即是猴后，也很像一位命婦。

　　猴王是有權的。兩隻猴子吵起來，甚至扭打起來，他會

名家散文必讀系列‧汪曾祺

出面仲裁，大聲呵叱，或予痛責。除此之外，也沒有甚麼尊貴。小猴子手裏的食物他照樣搶過來吃。

我們問這位獨臂老漢：「你是通猴語麼？」他說猴子有語言，有五十幾個「字」，即能發出五十幾種聲音，每一種聲音表示一定的意思。

有幾個外地來的青年工人和猴子玩了半天，餵猴吃東西，還和猴子一起照了很多相。他們站起身來要走了，猴王猴后並肩坐在鐵籠裏吭吭地叫了幾聲，神情似頗莊重。我問看猴人：「他們說甚麼？」他說：「你們走了，再見！」這幾個青年走上山坡，將要拐彎，猴王猴后又吭吭了幾聲。我問看猴老漢：「這是甚麼意思？」他說：「他們說：慢走。」

我不大相信。可是等我和老萬向看猴老漢告辭的時候，猴王猴后又復並肩而坐，吭吭幾聲；等我們走上山坡，他們又是同樣地吭吭叫了幾聲。我不得不相信這位樸樸實實的獨臂看猴老漢所說的一切。

我向老漢建議：應當把猴語的五十幾個單音字錄下來，由他加以解釋，留一份資料。他說管理處的小張已經錄了。

老萬告我：這老漢會唱猴歌。他一唱猴歌，山裏的猴子就會奔來。我問他：「你會唱猴歌嗎？」他說：「猴歌啊？……」笑而不答，不置可否。

一九八七年三月二十一日追記

泰山拾零

◀ 導讀

　　1987 年 3 月 24 日，汪曾祺作《泰山拾零》，追憶了十幾年前遊泰山的一些趣事，分為十題記述，即《陳廟長》、《經石峪》、《快活三里》、《討錢》、《泰山老奶奶》、《繡球花》、《山頂夜宴》、《看日出》、《耙和尚》、《萊蕪謳》，刊於《文學家》1987 年第 1 卷第 2 期。收入《汪曾祺全集》第 4 卷。

　　雖然是一些小事，但經過了十幾年的時間卻還能記得，足見小事不小，也足見汪曾祺先生惜人惜物的美好情懷。在「拾零」的閒適心境中，隨意揮灑，信手拈來，把那些在泰山邂逅的人、事、物，巧妙地經營在文字裏，充滿了如詩的閒適和意趣。難怪汪曾祺先生說自己的氣質「是一個通俗的抒情詩人」。確實如此。

　　汪曾祺這位「抒情詩人」是個有心人，他耐心地觀察每個人物，每個羣體，善於搜集和整合零散而瑣碎的印象，從看似微不足道的細節中揭示人物、羣體背後豐富的意味。為甚麼陳主任被叫做陳廟長？陳廟長換上一身毛料中山裝意味着甚麼？（《陳廟長》）這些山上的討錢人為甚麼穿戴整齊，不出聲？（《討錢》）「抒情詩人」還是一個考據家，總習慣追問一下每個名稱的來歷，並引出背後的小故事，比如《快活三里》、《泰山老奶奶》、《耙和尚》、《萊蕪謳》等。當然，「抒情詩人」最擅長的還是抒發自

己的真情，《泰山拾零》中隨處可見作者真情的表露，充滿靈動和
趣味。

遊過泰山的人很多，關於泰山的書籍、文章、導遊的小冊子也很多。凡別人已經記過的，不欲再記。且我往遊泰山，距今已十幾年，印象淡忘，難以追憶。只記一些現在還記得的小事，少留鴻印爾。

陳廟長

泰山管理處設在岱廟，主任姓陳。但是當地人都不叫他陳主任，而叫他陳廟長，因為他在廟裏辦公，在廟裏住。陳廟長對泰山非常熟悉，有重要一點的客人來，都由他接待。陳廟長有一套講究的衣服，毛料的中山裝。有外賓來，他就換上這身衣服。當地人一看陳廟長走在街上，就互相傳告：「今天有外國人來，陳廟長換衣服了！」這是一個很幽默健談的人，他向我們介紹了泰山概況，背了幾首詠泰山的詩，最後還背了韓復榘的大作。

韓復榘是國民黨時期山東省政府主席，是個沒有文化的軍閥，有許多關於他的笑話。流傳得最廣的是，蔣介石規定行人靠左走，韓復榘說：「蔣委員長提倡的事我都贊成，就是這一點不行。大家都靠左走，右邊誰走呢？」

韓復榘詠泰山詩如下：

遠看泰山黑乎乎，
上邊細來下邊粗。
有朝一日倒過來，
下邊細來上邊粗。

這是詠泰山詩的壓卷之作！

韓復榘還有一首詠濟南趵突泉的詩，也不錯：

趵突泉，

泉趵突，

三個泉眼一般粗，

咕嘟咕嘟又咕嘟。

陳廟長在陪我們遊山途中還講了一些韓復榘的軼事，因與泰山無關，不錄。當然，韓復榘的故事和詩，都是別人編出來的。

經石峪

泰山留給我印象最深的是經石峪。

在半山的巉巖[①]間忽然有一片巨大的石板，石色微黃，是一整塊，極平，略有傾斜，上面刻了一部金剛經，字大徑斗，筆勢雄渾厚重，大巧若拙，字體微扁，非隸非魏。郭沫若斷為齊梁人所書，有人有不同意見。經石峪成為中國書法裏的獨特的字體。龔定庵[②]謂：南書無過瘞鶴銘[③]，北書無過金剛經。瘞鶴銘在鎮江焦山，金剛經即指泰山經石峪。

---

① 巉（chán）巖，意為陡峭險峻的巖石。

② 龔定庵，即龔自珍（1792—1841），清末思想家、文學家。

③ 瘞（yì）鶴銘，鎮江焦山江心島的摩崖石刻，是歷代書法學習的重要範本。

為甚麼在這裏刻了一部經？積雨之後，山水下注，流過石面，淙淙作響，有如梵唱，流水唸經，亦是功德。

快活三里

登泰山，緊十八，慢十八，不緊不慢又十八。「十八」指的是十八里還是十八盤，未詳。反正爬完三個十八，就到南天門了。三個十八，爬起來都很累人。當中忽有一段平路，名曰「快活三里」。這名字起得好！若在原隰④，三里平路，有何稀奇！但在陡峻的山路上，爬得上氣不接下氣，忽遇坦途，可以直起身來，均勻地呼吸，放腳走去，汗收體爽，真是快活。人生道路，亦猶如此。

討錢

泰山山道旁，有不少人家以討錢為生。討錢的大都是老婆婆和小孩子。她們坐在路邊，並不出聲，進香的善男信女，就自動把錢丟進她們面前的瓢裏。小孩子有時纏着奶奶：「奶奶，我今天跟你去討錢！」──「不叫你去！」──「要去嘛，要去嘛！」這些孩子不覺得討錢有甚麼羞恥，他要跟奶奶去討錢，就跟要跟奶奶去逛廟會或上街買東西一樣。這些人家的日子過得不錯。每年香期，收入很可觀。討錢是山上居民的專利，山下乞丐不能分享。她們穿戴得整整齊齊，並不故作襤褸。

④　隰（xí），意為低濕的地方。

名家散文必讀系列·汪曾祺

泰山老奶奶

泰山是道教的山。中國的山不是屬於佛教就是屬於道教。天下名山僧佔多。峨嵋、五台、普陀、九華山,是佛教的四大名山,各為普賢、文殊、觀音、地藏的道場。青城、武當是道教的山。泰山的主神似為碧霞元君。碧霞元君是東嶽大帝的女兒。但據陳廟長告訴我,當地老鄉不知道甚麼碧霞元君,都叫她泰山老奶奶。不知道為甚麼,元君的塑像不是一個窈窕的少女,卻是一個很富態的半老的宮妝的命婦,秉笏端正,毫無表情。碧霞元君祠長年鎖閉,參拜的人只能從窗格的窟窿間看一眼。善男信女,只能從窟窿裏把奉獻的香錢丟進去。一年下來,祠內堆滿了錢。每年打開祠門,清點一次。明清以來有定制,這錢是皇后嬪妃的脂粉錢,別人不得擅用。

繡球花

泰山五大夫松附近有一家茶館。爬了一氣山,進去喝了壺熱茶,太好了。水好,茶葉不錯,房屋淨潔,座位也舒服。

茶館有一個院子,院裏的石條上放了十多盆繡球花。這裏的繡球的花頭比我在別處看過的小。別處的繡球一球有一個腦袋大,這裏的只比拳頭略大一點。花瓣不像別處的是純白的,是豆綠色的。花瓣較小而略厚。幹不高,不到二尺;枝多橫生。枝幹皆老,如盆景。葉深墨綠色,甚整齊,無一葉殘敗。這些繡球顯出一種充足而又極能自制的生命力。我不知道這樣的豆綠色的繡球是泰山的水土使然,還是別是一

種。茶館的主人以茶客喝剩的茶水澆之，盆面積了頗厚的茶葉。這幾盆繡球真美，美得使人感動。我坐在花前，諦視良久，戀戀不忍即去。別之已十幾年，猶未忘。

山頂夜宴

遊泰山的，大都在山頂住一夜，等着第二天看日出。山頂有招待所。招待所供應晚餐，煮掛麵，陳廟長特意給我們安排了一頓正式的晚餐。在泰山絕頂，這樣的晚餐算是非常豐盛的了：燒雞、鹵肉、炒雞蛋、炸花生米，還有炒棍兒扁豆。這棍豆是山上出的，照上海人的說法，真是「嫩得不得了」！我平生吃過的棍豆，以泰山頂上的最為鮮嫩。還有一種很特別的菜，油炸的綠葉。陳廟長說這是藿香，泰山的特產。顏色碧綠，入口酥脆而有清香，嚼之下酒，真是妙絕。這頓夜宴，不知費了幾許人力，慚愧慚愧。

把青菜的葉子油炸了吃，這是山東特有的吃法，我後來在別處還吃過油炸菠菜，也很好吃。山東菜譜中皆未載此種做法。

看日出

遊泰山的最大希望在看日出。很多人看不到，因為天氣不好。

等着看日出，要受一點罪。山頂上夜裏很冷，風大。招待所牀位已經全部租出，有人只能裹了一件潮乎乎的棉大衣在廟下蜷縮一夜。

夜裏下了雨。

次日拂曉，雨停了。有幾個青年大叫：「天晴了！快去！快去！」

天氣還不很好，但總算看到日出了。但是並不像許多傳文裏所描寫過的，氣勢磅礴，燦爛輝煌，紅黃赤白，瞬息萬變，使人目眩神移，歡喜讚歎。下山後有人問我：「看到日出了麼？怎麼樣？」我只能説：「看到了，還不錯。」這樣的日出，我在別處也看見過。在井岡山黃洋界看到日出，所得印象即比在泰山看到的要深，因為是無意中看到的，更令人驚奇不已，想要高歌大叫。

世間事物，宣傳太過，即使真的了不起，也很難使人滿足。

耙和尚

泰山是道教的山，但後山山腳卻有一座佛寺，寺名今忘（好像是叫寶慶寺）。寺裏的羅漢塑得很好。據説這寺裏的羅漢和蘇州紫金庵的、昆明筇竹⑤寺的鼎足而三，可以齊名。那兩處的我都看過。紫金庵的比較小，羅漢神態安詳，是坐像。筇竹寺門的羅漢有的踞坐，有的靠牆，有的向前探頭，有的側臥着，姿態各異，而彼此之間互相顧盼，有所交流，是一組有聯繫的，帶一點戲劇性的羣像。這寺裏的羅漢是立像，各各站在一個龕裏，比常人稍高大。塑像的確不錯，眉目如生，肌肉似有彈性，衣紋繁複而流暢，塗色精細但不瑣

---

⑤　筇（qióng）竹，一種竹子。

碎。龕面罩了玻璃，保存得很好。

寺後有一片莊稼地。陳廟長告訴我們，這有一段故事，寺裏的和尚很霸道，強佔了很多民田。這裏的莊戶人和和尚打了多年官司，一直打到皇帝那裏。皇帝看了呈子，說「罷了吧」。「罷了吧」意思是算了吧，不要再打官司了。莊戶人一聽，聖旨下來了，就把寺裏的和尚都活埋在地裏，只露出一個個和尚腦袋，用耙地的耙都給耙了。這當然只是個故事，不過當地人說確實有過那麼回事，他們這麼說，咱就聽着，不抬槓。

萊蕪謳

我們順便到萊蕪看了看。萊蕪有中國最大的淡水養魚湖，據說湖的面積有三個西湖大。坐了汽艇在湖裏遊了一圈，確實很大。有幾隻船在捕魚，魚都很大。

午飯、晚飯都上了鱖魚，鱖魚有七八斤重，而且不止一條。可惜煮治不甚得法，太淡。凡做魚，寧偏鹹，毋偏淡。廚師口訣云：「鹹魚淡肉」，—— 肉淡一點不妨。這樣大的魚，宜做松鼠魚，紅燒白煮皆不易入味。

晚上看了萊蕪梆子。萊蕪梆子的特別處是每逢尾腔都倒吸氣，發出「謳——」的聲音，所以叫做「萊蕪謳」。倒吸氣，向裏唱，怎麼能出聲音呢？我試了試，不行。這種唱法不知是怎麼形成的，別的劇種從無這樣的唱法。由「萊蕪謳」我想到「趙代秦楚之謳」會不會也是這種唱法？「謳歌」，謳和歌應該是有區別的。「謳」，會不會是吸氣發聲？這當然是瞎想，毫無佐證。不過我在內蒙確曾遇到一個蒙古

名家散文必讀系列·汪曾祺

人，他的說話方式很特別，一句話的上半句是呼氣説出的，下半句卻是吸着氣説的。説不定古代曾有過吸氣而謳的謳法，後來失傳了。

一九八七年三月廿四日

林 肯 的 鼻 子

◖ 導讀

　　此文是一篇遊記，也是作家的一段心路歷程。文章 1987 年 10 月 1 日寫於美國愛荷華，載於 1988 年第 4 期的《散文世界》。

　　作家參觀有關林肯的歷史遺跡時，沒有看到期待中的崇敬、雄偉與莊嚴肅穆。參觀林肯故居時，作介紹的中年女士「説了一些與林肯無關的話」，彷彿她真正在意的並不是林肯。「一個林肯舊鄰的後代」也説了很多，卻有點莫名其妙。最後是一位「印花布女士」説：「林肯是偉大的政治家，但在生活上是個無賴。」林肯墓前的升旗儀式，「既不威武雄壯，也並不怎麼莊嚴肅穆」。失望之餘，作家意味深長地提到了林肯墓與中山陵的區別。在中國古代，平的是「墓」，像山峯一樣高高隆起的是「陵」。「陵」象徵着崇高、莊嚴與肅穆。這是作家在林肯故居認為應該看到而沒有看到的。林肯頭像的鼻子被好些人摸得很亮，以祈求好運。作家搖搖頭表示不贊同。

　　歸途中，作家又參觀了詩人艾德加・李・馬斯特與桑德堡的故居，一個與林肯的關係不好，一個是林肯的贊成者，他們一樣地得到紀念，於是作家似乎對「美國的民主」有了一點初步的了解。

　　回到住處，作家終於悟得：「林肯的鼻子也可以摸。沒有一個人的鼻子是神聖的。」現在的中國，很需要倡導這種生來平等的精神。「讓我們平等地摸別人的鼻子，也讓別人摸。」

我們到伊里諾明①州斯勃凌菲爾德②市參觀林肯故居。林肯居住過的房子正在修復。街道和幾家鄰居的住宅倒都已經修好了。街道上鋪的是木板。幾家鄰居的房子也是木結構，樣子差不多。一位穿了林肯時代服裝（白洋布印黑色小碎花的膨起的長裙，同樣顏色短襪，戴無指手套，手上還套一個線結的錢袋）的中年女士給我們作介紹。她的聲音有點尖厲，話說得比較快，說得很多，滔滔不絕。也許林肯時代的婦女就是這樣說話的。她說了一些與林肯無關的話，老是說她們姊妹的事。有一個林肯舊鄰的後代也出來作了介紹。他也穿了林肯時代的服裝，本色毛布的長過膝蓋的外套，皮靴也是牛皮本色的，不上油。領口繫了一條綠色的絲帶。此人的話也很多，一邊說，一邊老是向右側揚起腦袋，有點興奮，又像有點憤世嫉俗。他說了一氣，最後說：「我是學過心理學的，我一看你的眼睛，就知道你說的是不是真話！──日安！」用一句北京話來說：這是哪兒跟哪兒呀？此人道罷日安，翩然而去，由印花布女士繼續介紹。她最後說：「林肯是偉大的政治家，但在生活上是個無賴。」我真有點懷疑我的耳朵。

第二天上午，參觀林肯墓，墓的地點很好，很空曠，墓前是一片草坪，更前是很多高大的樹。

這天步兵一一四旅特地給國際寫作計劃的作家們表演了

---

① 伊里諾明，現通譯伊利諾伊，美國中北部偏東的一個州。

② 斯勃凌菲爾德，現通譯斯普林菲爾德，伊利諾伊州首府。

升旗儀式。兩個穿了當年的藍色薄呢制服的隊長模樣的軍人在旗杆前等着。其中一個挎了紅緞子的值星帶，佩指揮刀。在軍鼓和小號聲中走來一隊士兵，也都穿藍呢子制服。所謂一隊，其實只有七個人。前面兩個，一個打着美國國旗，一個打着州旗。當中三個背着長槍。最後兩個，一個打鼓，一個吹號。走得很有節拍，但是輕輕鬆鬆的。立定之後，向左轉，架好長槍。喊口令的就是那個吹小號的，他的軍帽後邊露着雪白的頭髮，大概歲數不小了。口令聲音很輕，並不大聲怒喝。——中國軍隊大聲喊口令，大概是受了日本或德國的影響。口令是要練的。我在昆明時，每天清晨聽見第五軍校的學生練口令，那麼多人一同怒吼，真是驚天動地。一聲「升旗」後，老兵自己吹了號，號音有點像中國的「三環號」。那兩個隊長舉手敬禮，國旗和州旗升上去。一會兒工夫，儀式就完了，士兵列隊走去，小號吹起來，吹的是「光榮光榮哈里魯亞」。打鼓的這回不是打的鼓面，只是用兩根鼓棒敲着鼓邊。這個升旗儀式既不威武雄壯，也並不怎麼莊嚴肅穆。說是形同兒戲，那倒也不是。只能說這是美國式的儀式，比較隨便。

林肯墓是一座白花崗石的方塔形的建築，墓前有林肯的立像。兩側各有一組內戰英雄的羣像。一組在舉旗挺進；一組有揚蹄的戰馬。墓基前數步，石座上還有一個很大的銅鑄的林肯的頭像。

我覺得林肯墓是好看的，清清爽爽，乾乾淨淨。一位法國作家說他到過南京，看過中山陵，說林肯墓和中山陵不能相比。——中山陵有氣魄。我說：「不同的風格。」——

「對，完全不同的風格！」他不知道林肯墓是「墓」，中山陵是「陵」呀。

我們到墓裏看一圈。這裏葬着林肯、林肯的夫人，還有他的三個兒子。正中還有一個林肯坐在椅子裏的銅像。他的三個兒子都有一個銅像，但較小。林肯的兒子極像林肯。紀念林肯，同時紀念他的家屬，這也是一種美國式的思想。——這裏倒沒有林肯的「親密戰友」的任何名字和形象。

走出墓道，看到好些人去摸林肯的鼻子 —— 頭像的鼻子。有帶着孩子的，把孩子舉起來，孩子就高高興興地去摸。林肯的頭像外面原來是鍍了一層黑顏色的，他的鼻子被摸得多了，露出裏面的黃銅，鋥亮鋥亮的。為甚麼要去摸林肯的鼻子？我想原來只是因為林肯的鼻子很突出，後來就成了一種迷信，說是摸了會有好運氣。好幾位作家握着林肯的鼻子照了相。他們叫我也照一張，我笑了笑，搖搖頭。

歸途中路過詩人艾德加·李·馬斯特的故居。馬斯特對林肯的一些觀點是不同意的。我問接待我們的一位女士：馬斯特究竟不同意林肯的哪些觀點，她說她也不清楚，只知道他們關係不好。我說：「你們不管他們觀點有甚麼分歧，都一樣地紀念，是不是？」她說：「只要是對人類文化有過貢獻的，我們都紀念，不管他們的關係好不好。」我說：「這大概就是美國的民主。」她說：「你說得很好。」我說：「我不贊成大家去摸林肯的鼻子。」她說：「我也不贊成！」

途次又經桑德堡故居。對桑德堡，中國的讀者比較熟悉，他的短詩《霧》是傳誦很廣的。桑德堡寫過長詩《林肯 —— 在戰爭年代》。他是贊成林肯觀點的。

回到住處，我想：摸林肯的鼻子，到底要得要不得？最後的結論是：這還是要得的。誰的鼻子都可以摸，林肯的鼻子也可以摸。沒有一個人的鼻子是神聖的。林肯有一句名言：「All men are created equal.」（所有的人生來都是平等的。）我還想到，自由、平等、博愛，是不可分割的概念。自由，是以平等為前提的。在中國，現在，很需要倡導這種「created equal」的精神。

讓我們平等地摸別人的鼻子，也讓別人摸。

一九八七年十月一日　　愛荷華

美國短簡

    《美國短簡》發表於 1988 年第 8 期《上海文學》，由六篇小文章組成。這是汪曾祺 1987 年到美國愛荷華參加「國際寫作計劃」期間，在美國的所見所聞。六篇小文章如同六個風格各異的畫面，共同構成一幅溫馨有趣的美國風土人情畫。

    值得讀者注意的是，汪曾祺在寫作中並非簡單記敘，而是帶有文化觀察和比較的意味，從看似平淡的瑣事中看出中美兩國民族精神氣質的差異。如寫《美國旗》，點出愛荷華市不論甚麼人死了，都要下半旗，不像中國要死了大人物才下半旗，由此看出兩國價值觀念的差別。《夜光馬竿》則側重說明美國人對殘疾人的尊重與中國人對殘疾人的憐憫這兩種不同的態度。《花草樹》、《公園》則比較了中美兩國審美趣味的不同，指出中國藝術精神的獨特與珍貴。《Graffiti》和《懷舊》兩篇則如實記敘了美國平民文化的特點，寫出了美國人的心態和生活觀。

美國旗

美國人很愛插國旗。愛荷華市不少人家門外的草地上立着一根不高的旗杆，上面是一面星條旗。人家關着門，星條旗安安靜靜的，輕輕地飄動着。應該說這也表現了一點愛國情緒，但更多的似是當做裝飾。國旗每天都可以掛，不像中國要到「五一」、「十一」才掛，顯得過於隆重。大抵中國人對於國旗有一種崇拜心理，美國人則更多的是親切。美國可以把星條圖案印在體操女運動員的緊身露腿的運動衣上，這在中國大概不行，一定會有人認為這是對於國旗的褻瀆。

美國各州都有州旗，州旗大都是白地子，上面畫（印）了花裏胡哨的圖案，照中國人看，簡直是兒童趣味。國旗、州旗升在州政府的金色圓頂的旗杆上，國旗在上，州旗在下。——美國州政府的建築大都是一個金色的圓頂，上面矗立着旗杆。愛荷華州治已經移到鄰近一個市，但愛荷華市還保留着老州政府，每天也都升旗。愛荷華市有一個人死了，那天就要下半旗，不論死的是甚麼人，一視同仁，不像中國要死了大人物才下半旗。這一點看出美國和中國的價值觀念很不一樣。別的州、市有沒有這樣的風俗，就不知道了。

夜光馬竿

美國也有馬竿。我在愛荷華街頭看到一個盲人。是個年輕人，穿得很乾淨，白運動衫褲，白運動鞋。步履輕鬆，走得和平常人一樣的快。他手執一根馬竿探路。這根馬竿是鋁製的，很輕便，樣子也很好看。馬竿着地的一端有一個小輪子。馬竿左右移動，輪子靈活地轉動着。馬竿不離地面，不

像中國盲人的竹馬竿，得不停地戳戳戳戳點在地上。因此，這個青年給人的印象是很健康，不像中國盲人總讓人覺得有些悲慘。後來我又看到一個歲數大的盲人，用的也是一種馬竿。據台灣詩人蔣勳告訴我，這種馬竿是夜光的 —— 夜晚發光。這樣在黑地裏走，別人會給盲人讓路。這種馬竿，中國似可引進，造價我想不會很貴。

美國對殘疾人是很尊重的。到處是畫了白色簡筆輪椅圖案的藍色的長方形的牌子。有這種藍牌子的門，是專供殘疾人進出的；有這種藍牌子的停車場，非殘疾人停車，要罰款。很多有台階的商店，都在台階邊另鋪設了一道斜坡，供殘疾人的輪椅上下。愛荷華大學有專供殘疾人連同輪椅上樓下樓的鐵籠子。街上常見到殘疾人，他們的神態都很開朗，毫不壓抑。博物館裏總有一些殘疾人坐着輪椅，悠然地觀賞倫布朗[①]的畫，亨利·摩爾的雕塑。

中國近年也頗重視對殘疾人的工作。但我覺得中國人對殘疾人的態度總帶有憐憫色彩，「惻隱之心」。這跟儒家思想有些關係。美國人對殘疾人則是尊重。這是不同的態度。憐憫在某種意義上是侮辱。

花草樹

美國真花像假花，假花像真花。看見一叢花，常常要用手摸摸葉子，才能斷定是真花，是假花。旅美多年的美籍華

---

① 倫布朗，現通譯倫勃朗（1606—1669），荷蘭著名畫家。

人也是這樣，摸摸，憑手感，説是「真的！真的！」美國人家大都種花。美國的私人住宅是沒有圍牆的，一家一家也不挨着，彼此有一段距離，門外有空地，空地多栽花。常見的是黃色的延壽菊。美國的延壽菊和中國的沒有兩樣。還有一種通紅的，不知是甚麼花。我在詩人桑德堡故居外小花圃中發現兩棵鳳仙花，覺得很親切，問一位美國女士：「這是甚麼花？」她不知道。美國人家種花大都是隨便撒一點花籽，不甚設計。有一種設計則不敢領教：在草地上畫出一個正圓的圓圈，沿着圓圈等距離地栽了一撮一撮鮮豔的花。這種佈置實在是滑稽。美國人家室內大都有綠色植物，如中國的天門冬、吊蘭之類，栽在一個鋥亮的黃銅的半球裏，掛着。這種趣味我也不敢領教。美國人家多插花，常見的是菊花，短瓣，紫紅的、白的。我在美國沒有見過管瓣、捲瓣、長瓣的菊花。即便有，也不會有「麒麟角」、「獅子頭」、「懶梳妝」之類的名目。美國人插花只是取其多，有顏色，一大把，插在一個玻璃瓶子裏。美國人不懂中國插花講究姿態，要高低映照，欹側橫斜，瓶和花要相稱。美國靜物畫裏的花也是這樣，亂哄哄的一瓶。美國人不會理解中國畫的折枝花卉。美國畫裏沒有墨竹，沒有蘭草。中國各項藝術都與書法相通。要一個美國人學會欣賞王獻之的《鴨頭丸帖》，是永遠辦不到的。美國也有荷花，但未見入畫，美國人不會用宣紙、毛筆、水墨。即畫，卻絕不可能有石濤、「八大」那樣的效果。有荷花，當然有蓮蓬。美國人大概不會吃冰糖蓮子。他們讓蓮蓬結老了，曬得乾乾的，插瓶，這倒也別致，大概他們認為這種東西形狀很怪。有的人家插的蓮蓬是染得通紅

的,這簡直是惡作劇,不敢領教!美國人用蘆花插瓶,這頗可取。在德國移民村阿瑪納看見一個鋪子裏有蘆花賣,五十美分一把。

美國年輕,樹也年輕。自愛荷華至斯勃凌菲爾德高速公路兩旁的樹看起來像灌木。阿瑪納有一棵橡樹,大概是當初移民來的德國人種的,有上百年的歷史,用木柵圍着,是罕見的老樹了。像北京中山公園、天壇那樣的五百年以上的柏樹,是找不出來的。美國多闊葉樹,少針葉樹。最常見的是橡樹。松樹也有,少。林肯墓前、馬克·吐溫家鄉有幾棵松樹。美國松樹也像美國人一樣,非常健康,很高,很直,很綠。美國沒有蘇州「清、奇、古、怪」那樣的松樹,沒有黃山松,沒有泰山的五大夫松。中國松樹多姿態,這種姿態往往是災難造成的,風、雪、雷、火。松之奇者,大都傷痕累累。中國松是中國的歷史、中國的文化和中國人的性格所形成的。中國松是按照中國畫的樣子長起來的。

美國草和中國草差不多。狗尾巴草的穗子比中國的小,顏色發紅。「五月花」公寓對面有一片很大的草地。蒲公英吐絮時,如一片銀色的薄霧。羊鬍子草之間長了很多草苜蓿。這種草的嫩頭是可以炒了吃的。上海人叫做「草頭」或「金花菜」,多放油,武火急炒,少滴一點高粱酒,很好吃,美國人不知道這能吃。知道了,也沒用,美國人不會炒菜。

Graffiti

這是一個意大利字,意思是在牆上亂畫。台灣翻成「塗

鴉」，我看不如乾脆翻成「鬼畫符」。紐約、芝加哥，很多城市地鐵的牆上，比較破舊的建築物的牆上，橋洞裏，畫得一塌糊塗。這是青少年幹的。他們不是用筆畫，而是用噴槍噴，嗞 —— 一會兒就噴一大片。照美國的法律，這不犯法，無法禁止。有一些，有一點意思。我在愛荷華大學附近的橋下，看到：「中央情報局＝謀殺」，這可以説是一條政治標語。有的是一些字母，不知是甚麼意思。還有些則是莫名其妙的圓圈、曲線、弧線。為甚麼美國的青少年要幹這種事呢？ —— 據説他們還有一個鬆散的組織，類似協會甚麼的。聽説美國有心理學家專門研究這問題，大體認為這是青少年對現狀不滿的表現。這樣到處亂畫，我覺得總不大好，希望中國不發生這種事。

懷舊

正因為美國歷史短，美國人特別愛懷舊。

愛荷華市的河邊有一家飯館，菜很好，星期天的自助餐尤其好，有多種沙拉、水果，各種味道調料。這原是一個老機器廠，停業了，飯館老闆買了下來，不加改造，房頂、牆壁上保留了漆成暗紅色的拐來拐去的粗大的鐵管道，很粗的鐵鏈。顧客就在這樣的環境裏，臨窗而坐，喝加了蘇打的金酒，吃烤牛肉、炸土豆條，覺得別有情調。

阿瑪納原來是一個德國移民村。據説這個村原來是保留老的生活習慣的：不用汽車，用馬車。現在不得不改變了，村裏辦了很大的製冷機廠和微波爐廠。不過因為曾是古村，每逢假日，還是有不少人來參觀。「古」在哪裏呢？不大看

得出來。我們在一個飯店吃飯，飯店門外懸着一副牛軛，作為標誌，唔，這有點古。飯店的牆上掛着一排長長短短的老式的木匠工具，也許這原是一個木匠作坊。這也古。點的燈是有玻璃罩子的煤油燈。我問接待我們的小姐：「這是煤油燈？」她笑了：「假的。」是做成煤油燈狀的電燈。這位小姐不是德國血統，祖上是英國人，一聽她的姓就不禁叫人蕭然起敬：莎士比亞。她承認是莎士比亞的後代。她和我聊了幾句，不知道為甚麼説起她不打算結婚，認為女人結婚不好。這是不是也是古風？阿瑪納有一個博物館，陳列着當年的搖牀、木椅。有一個「文物店」。賣的東西的「年份」都是百年以內的，但標價頗昂，一個祖母用過的極其一般的銅碟子，五十美金。這樣的村子在中國到處都可以找得出來，這樣的「文物」嘛，中國的廢品收購站裏多的是。阿瑪納賣「農民」自釀的葡萄酒，有好幾家。買酒之前每種可以嚐一小杯。我嚐了兩三杯，沒有買，因為我對葡萄酒實在是外行，喝不出所以然。

　　江·迪爾是一家很現代化的大農機廠，廠部大樓是有名的建築，全部用鋼材和玻璃建成，利用鋼材的天然鏽色和透亮的玻璃的對比造成極穩定堅實而又明淨疏朗的效果。在一口小湖的中心小島上安置了亨利·摩爾的青銅的抽象化的雕塑。但是在另一側，完好地保存了曾祖父老迪爾的作坊。這是江·迪爾廠史的第一頁。

　　全美保險公司是一個很大的企業。我們參觀了愛荷華州的分公司。大辦公室上百張桌子，每個桌上一台電腦。這家公司收藏了很多現代藝術作品，接待室裏，走廊上，到處都

名家散文必讀系列·汪曾祺

是。每個單人辦公的小辦公室裏也有好幾件抽象派的繪畫和雕塑。我很奇怪：這家公司的經理這樣喜歡現代藝術？後來知道，原來美國政府有規定，企業凡購買當代藝術作品的，所付的錢可於應付稅款中扣除，免繳一部分稅。那麼，這些藝術品等於是白得的。用企業養藝術，這政策不錯！

上午參觀了一個現代化的大公司，看了數不清的現代派的藝術作品，下午參觀了一個截然不同的地方：「活歷史農莊」。這裏保持着一百年前的樣子。我們坐了用老式拖拉機拉着的有幾排座位的大車逛了一圈，看了原來印第安人住的小窩棚，在橡樹林裏的坷坎起伏的小路上鑽了半天。有一家打鐵的作坊，一位鐵匠在打鐵。他這打鐵完全是表演，燒煙煤碎塊，拉着皮老虎似的老式風箱。有一家雜貨店，賣的都是舊貨。一個店主用老式的辦法介紹一些貨品的特點，口若懸河。他介紹的貨品中竟有一件是中國的笙。他介紹得很準確：「這是一件中國的樂器，叫做『笙』。」這家雜貨店賣一百年前美國人戴的黑色的粗呢帽（是新製的），賣本地傳統製法的果子露飲料。

我們各處轉了一圈，回來看看那位鐵匠，他已經用熟鐵打出了一件藝術品，一條可以插蠟燭的小蛇，頭在下，尾在上，蛇身盤扭。

參觀了林肯年輕時居住過的鎮。這個鎮儘量保持當年模樣。土路，木屋。林肯舊居猶在，他曾經在那裏工作過的郵局也在。有一個老媽媽在光線很不充足的木屋裏用不同顏色的碎布拼綴一條百衲被。一個師傅在露地裏用棉線心蘸蠟燭，一排一排晾在木架上（這種蠟燭北京現在還有，叫做

「洋蠟」）。林肯故居簷下有一位很肥白壯碩的少婦在編籃子。她穿着林肯時代的白色衣裙，赤着林肯時代的大白腳，一邊編籃子，一邊與過路人應答。老媽媽、蠟燭師傅、赤着白腳的壯碩婦人，當然都是演員。他們是領工資的。白天在這裏表演，下班駕車回家吃飯，喝可口可樂，看電視。

公園

　　美國的公園和中國的公園完全不同，這是兩個概念。美國公園只是一大片草地，很多樹，不像北京的北海公園、中山公園、頤和園，也不像蘇州園林。沒有亭台樓閣，迴廊幽徑，曲沼流泉，蘭畦藥圃。中國的造園講究隔斷、曲折、借景，在不大的天地中佈置成各種情趣的小環境，美國公園沒有這一套，一覽無餘。我在美國沒有見過假山，沒有揚州平山堂那樣人造峭壁似的假山，也沒有蘇州獅子林那樣人造峯巒似的假山。美國人不懂欣賞石頭。對美國人講石頭要瘦、皺、透，他一定莫名其妙。頤和園一進門的兩塊高大而玲瓏的太湖石，花很多銀子從米萬鐘的勺園移來的一塊橫臥的大石頭，以及開封相國寺傳為艮嶽遺石的石頭，美國人都絕不會對之下拜。美國有風景畫，但沒有中國的「山水畫」。公園，在中國是供人休息、漫步、啜茗、閒談、沉思、覓句的地方。美國人在公園裏扔橄欖球，擲飛碟，男人脫了上衣、女人穿了比基尼曬太陽。美國公園大都有一些鐵架子，是供野餐的人烤肉用的。

夏天的昆蟲

導讀

　　文章刊於 1987 年第 9 期的《北京文學》，此時作者已近古稀之年了。文字平淡，心境卻深遠。作家在一絲不苟的描述中深藏着對童年與故鄉的懷念，想來還有彼時彼處的夏天。

　　蟈蟈、蟬、蜻蜓、刀螂是作家記憶裏夏天的昆蟲。對於四種昆蟲，作家分別從牠們的性情、聲音、顏色、形體美幾個方面來加以描寫。

　　蟈蟈，寫其性情。「長得粗壯結實，樣子也不大好看 …… 這東西就是會呱呱地叫。」蟬，寫牠們的聲音。「海溜」、「嘟溜」、「叽溜」都是因為蟬的不同叫聲給予牠們的不同命名。這些命名在文章中，因為其地域口語特點富有生活感，也因為諧音而有一種語言的韻律感。蜻蜓，主要因顏色區分。濃綠有黑環的「綠豆鋼」、常見的「灰藍色和綠色」、還有「紅蜻蜓」、「純黑的蜻蜓」。刀螂，具有其他昆蟲難以匹敵的形態的美。

　　關於昆蟲的記憶來自作家童年的生活經驗。對蟈蟈，「據說吃了辣椒更愛叫，我就挑頂辣的辣椒餵牠。早晨，掐了南瓜花（謊花）餵牠，只是取其好看而已」。「北京的孩子捉蟬用粘竿 …… 我們小時候則用蜘蛛網。」「玩蜻蜓有一種惡作劇的玩法」，大約也是作家兒時的親身經歷吧。玩玩昆蟲，「對自然發生興趣」。這種童趣是「只在電子玩具包圍中長大」的孩子所不能體會的。

蟈蟈

蟈蟈我們那裏叫做「叫蚰子」。因為牠長得粗壯結實，樣子也不大好看，還特別在前面加一個「侉」字，叫做「侉叫蚰子」。這東西就是會呱呱地叫。有時嫌牠叫得太吵人了，在牠的籠子上拍一下，牠就大叫一聲：「呱！——」停止了。牠甚麼都吃。據說吃了辣椒更愛叫，我就挑頂辣的辣椒餵牠。早晨，掐了南瓜花（謊花）餵牠，只是取其好看而已。這東西是咬人的。有時捏住籠子，牠會從竹蔑的洞裏咬你的指頭肚子一口！

另有一種「秋叫蚰子」，較晚出，體小，通身碧綠如玻璃料，叫聲輕脆。秋叫蚰子養在牛角做的圓盒中，頂面有一塊玻璃。我能自己做這種牛角盒子，要緊的是弄出一塊大小合適的圓玻璃。把玻璃放在水盆裏，用剪子剪，則不碎裂。秋叫蚰子價錢比侉叫蚰子貴得多。養好了，可以越冬。

叫蚰子是可以吃的。得是三尾的，腹大多子。扔在枯樹枝火中，一會就熟了。味極似蝦。

蟬

蟬大別有三類。一種是「海溜」，最大，色黑，叫聲洪亮。這是蟬裏的楚霸王，生命力很強。我曾捉了一隻，養在一個斷了發條的舊座鐘裏，活了好多天。一種是「嘟溜」，體較小，綠色而有點銀光，樣子最好看，叫聲也好聽：「嘟溜——嘟溜——嘟溜」。一種叫「嘰溜」，最小，暗赭色，也是因其叫聲而得名。

　　蟬喜歡棲息在柳樹上。古人常畫「高柳鳴蟬」，是有道理的。

　　北京的孩子捉蟬用粘竿，——竹竿頭上塗了粘膠。我們小時候則用蜘蛛網。選一根結實的長蘆葦，一頭撅成三角形，用線縛住，看見有大蜘蛛網就一絞，三角裏絡滿了蜘蛛網，很粘。瞅準了一隻蟬，輕輕一捂，蟬的翅膀就被粘住了。

　　佝僂丈人承蜩 [①]，不知道用的是甚麼工具。

蜻蜓

　　家鄉的蜻蜓有三種。

　　一種極大，頭胸濃綠色，腹部有黑色的環紋，尾部兩側有革質的小圓片，叫做「綠豆鋼」。這傢伙厲害得很，飛時巨大的翅膀磨得嚓嚓地響。或捉之置室內，牠會對着窗玻璃猛撞。

　　一種即常見的蜻蜓，有灰藍色和綠色的。蜻蜓的眼睛很尖，但到黃昏後眼力就有點不濟。牠們棲息着不動，從後面輕輕伸手，一捏就能捏住。玩蜻蜓有一種惡作劇的玩法：掐一根狗尾巴草，把草莖插進蜻蜓的屁股，一撒手，蜻蜓就帶着狗尾草的穗子飛了。

　　一種是紅蜻蜓。不知道甚麼道理，說這是灶王爺的馬。

[①]　佝僂丈人承蜩的故事出自《莊子》，佝僂丈人是一個善於捕蟬的老人。蜩（tiáo），即蟬。承蜩，即捕蟬。

另有一種純黑的蜻蜓。身上，翅膀都是深黑色，我們叫牠鬼蜻蜓，因為牠有點鬼氣。也叫「寡婦」。

刀螂

刀螂即螳螂。螳螂是很好看的。螳螂的頭可以四面轉動。螳螂翅膀嫩綠，顏色和脈紋都很美。昆蟲翅膀好看的，為螳螂，為紡織娘。

或問：你寫這些昆蟲甚麼意思？答曰：我只是希望現在的孩子也能玩玩這些昆蟲，對自然發生興趣。現在的孩子大都只在電子玩具包圍中長大，未必是好事。

多年父子成兄弟

　　文章其實寫了兩代父子的關係：兒時的作家與自己的父親，已為人父的作家與自己的孩子。

　　作家採用了情理兼施的筆法，文章的前半部分講述作家與自己父親的關係，理中含情，情中蘊理。對父親情感的表達，並不用太多煽情的語言，而是以生活情境中看似瑣碎的細節描述展開。父親才華橫溢，富於生活情趣，對生活的品質要求不假手他人；對自己妻子的深情厚愛；對孩子的愛心與他自己的童心；對待孩子平等、民主的態度……這些都通過生活細節來體現。父親待孩子之理，孩子與父親之情，都隱含在娓娓的敍事之中。

　　後半部分寫作家與自己兒子的關係，説理多但也有深情在。「文革」期間，作家被打成「黑幫」後回家，孩子們對他依舊很親熱，沒有和爸爸「劃清界限」，這是感人之情。「我覺得一個現代化的、充滿人情味的家庭，首先必須做到『沒大沒小』。父母叫人敬畏，兒女『筆管條直』，最沒有意思。」這是文章末尾點題式的説理。

　　通過這種寓理於情、説理達情的方式，文章很好地把父子之間的情理關係統一起來。作家運用巧妙的文學筆法，使讀者明白：父子間存在着親愛如一體的情感，同時也深含着平等如兄弟

的道理。讀者在讀完文章後，自然覺得「多年父子成兄弟」的説法是合情合理，令人欣然接受的。

這是我父親的一句名言。

父親是個絕頂聰明的人。他是畫家，會刻圖章，畫寫意花卉。圖章初宗浙派，中年後治漢印。他會擺弄各種樂器，彈琵琶，拉胡琴，笙簫管笛，無一不通。他認為樂器中最難的其實是胡琴，看起來簡單，只有兩根弦，但是變化很多，兩手都要有功夫。他拉的是老派胡琴，弓子硬，松香滴得很厚 —— 現在拉胡琴的松香都只滴了薄薄的一層。他的胡琴音色剛亮。胡琴碼子都是他自己刻的，他認為買來的不中使。他養蟋蟀，養金鈴子。他養過花，他養的一盆素心蘭在我母親病故那年死了，從此他就不再養花。我母親死後，他親手給她做了幾箱子冥衣 —— 我們那裏有燒冥衣的風俗。按照母親生前的喜好，選購了各種花素色紙作衣料，單夾皮棉，四時不缺。他做的皮衣能分得出小麥穗、羊羔、灰鼠、狐肷。

父親是個很隨和的人，我很少見他發過脾氣，對待子女，從無疾言厲色。他愛孩子，喜歡孩子，愛跟孩子玩，帶着孩子玩。我的姑媽稱他為「孩子頭」。春天，不到清明，他領一羣孩子到麥田裏放風箏。放的是他自己糊的蜈蚣（我們那裏叫「百腳」），是用染了色的絹糊的。放風箏的線是胡琴的老弦。老弦結實而輕，這樣風箏可筆直地飛上去，沒有「肚兒」。用胡琴弦放風箏，我還未見過第二人。清明節前，小麥還沒有「起身」，是不怕踐踏的，而且越踏會越長得旺。孩子們在屋裏悶了一冬天，在春天的田野裏奔跑跳躍，身心都極其暢快。他用鑽石刀把玻璃裁成不同形狀的小塊，再一塊一塊逗攏，接縫處用膠水粘牢，做成小橋、小亭

子、八角玲瓏水晶球。橋、亭、球是中空的，裏面養了金鈴子。從外面可以看到金鈴子在裏面自在爬行，振翅鳴叫。他會做各種燈。用淺綠透明的「魚鱗紙」紮了一隻紡織娘，栩栩如生。用西洋紅染了色，上深下淺的通草做花瓣，做了一個重瓣荷花燈，真是美極了。在小西瓜（這是拉秧的小瓜，因其小，不中吃，叫做「打瓜」或「罵瓜」）上開小口挖淨瓜瓤，在瓜皮上雕鏤出極細的花紋，做成西瓜燈。我們在這些燈裏點了蠟燭，穿街過巷，鄰居的孩子都跟過來看，非常羨慕。

　　父親對我的學業是關心的，但不強求。我小時了了，國文成績一直是全班第一。我的作文，時得佳評，他就拿出去到處給人看。我的數學不好，他也不責怪，只要能及格，就行了。他畫畫，我小時也喜歡畫畫，但他從不指點我。他畫畫時，我在旁邊看，其餘時間由我自己亂翻畫譜，瞎抹。我對寫意花卉那時還不太會欣賞，只是畫一些鮮豔的大桃子，或者我從來沒有見過的瀑布。我小時字寫得不錯，他倒是給我出過一點主意。在我寫過一陣《圭峯碑》和《多寶塔》以後，他建議我寫寫《張猛龍》[1]。這建議是很好的，到現在我寫的字還有《張猛龍》的影響。我初中時愛唱戲，唱青衣，我的嗓子很好，高亮甜潤。在家裏，他拉胡琴，我唱。我的同學有幾個能唱戲的。學校開同樂會，他應我的邀請，到學校去伴奏。幾個同學都只是清唱。有一個姓費的同

---

[1]　《圭峯碑》、《多寶塔》、《張猛龍》都指字帖。

名家散文必讀系列・汪曾祺

學借到一頂紗帽，一件藍官衣，扮起來唱《朱砂井》，但是沒有配角，沒有衙役，沒有犯人，只是一個趙廉，搖着馬鞭在台上走了兩圈，唱了一段「羣塢縣在馬上心神不定」便完事下場。父親那麼大的人陪着幾個孩子玩了一下午，還挺高興。我十七歲初戀，暑假裏，在家寫情書，他在一旁瞎出主意。我十幾歲就學會了抽煙喝酒。他喝酒，給我也倒一杯。抽煙，一次抽出兩根，他一根我一根。他還總是先給我點上火。我們的這種關係，他人或以為怪。父親說：「我們是多年父子成兄弟。」

　　我和兒子的關係也是不錯的。我戴了「右派分子」的帽子下放張家口農村勞動，他那時還剛從幼兒園畢業，剛剛學會漢語拼音，用漢語拼音給我寫了第一封信。我也只好趕緊學會漢語拼音，好給他寫回信。「文化大革命」期間，我被打成「黑幫」，送進「牛棚」。偶爾回家，孩子們對我還是很親熱。我的老伴告誡他們：「你們要和爸爸『劃清界限』。」兒子反問母親：「那你怎麼還給他打酒？」只有一件事，兩代之間，曾有分歧。他下放山西忻縣「插隊落戶」。按規定，春節可以回京探親。我們等着他回來。不料他同時帶回了一個同學。他這個同學的父親是一位正受林彪迫害，搞得人囚家破的空軍將領。這個同學在北京已經沒有家，按照大隊的規定是不能回北京的。但是這孩子很想回北京，在一夥同學的祕密幫助下，我的兒子就偷偷地把他帶回來了。他連「臨時戶口」也不能上，是個「黑人」。我們留他在家住，等於「窩藏」了他，公安局隨時可以來查戶口，街道辦事處的大媽也可能舉報。當時人人自危，自顧不暇，

兒子惹了這麼一個麻煩，使我們非常為難。我和老伴把他叫到我們的臥室，對他的冒失行為表示很不滿。我責備他：「怎麼事前也不和我們商量一下！」我的兒子哭了，哭得很委屈，很傷心。我們當時立刻明白了：他是對的，我們是錯的。我們這種怕擔干係的思想是庸俗的。我們對兒子和同學之間的義氣缺乏理解，對他的感情不夠尊重。他的同學在我們家一直住了四十多天，才離去。

對兒子的幾次戀愛，我採取的態度是「聞而不問」。了解，但不干涉。我們相信他自己的選擇，他的決定。最後，他悄悄和一個小學時期的女同學好上了，結了婚。有了一個女兒，已近七歲。

我的孩子有時叫我「爸」，有時叫我「老頭子」！連我的孫女也跟着叫。我的親家母說這孩子「沒大沒小」。我覺得一個現代化的、充滿人情味的家庭，首先必須做到「沒大沒小」。父母叫人敬畏，兒女「筆管條直」，最沒有意思。

兒女是屬於他們自己的。他們的現在，和他們的未來，都應由他們自己來設計。一個想用自己理想的模式塑造自己的孩子的父親是愚蠢的，而且，可惡！另外，作為一個父親，應該儘量保持一點童心。

一九九〇年九月一日

人間草木

　　此文寫於 1990 年，刊載於同年第 3 期的《散文》上。執筆之時，作家已是古稀之年，筆下的文字，也蘊藉着對生命的關照。

　　「草木」前面加上「人間」二字，既平添了一種詩意，又耐人尋味。山丹丹、枸杞、槐花，都是生活中習見的草木。山丹丹「大青山到處是」，「枸杞到處都有」，玉淵潭的洋槐花之繁多，盛開時竟是「白得耀眼」。因為平常，自然也不引人注目，但在汪曾祺眼中，這些尋常草木卻充滿了意趣。

　　一棵山丹丹花開得異乎尋常地多，山裏的「老堡壘户」一看就知道有十三年了。因為「山丹丹長一年，多開一朵花」。生命是有記憶的，山丹丹記得自己的歲數。「山丹丹花開花又落」，作歌的人，唱歌的人都不知道這個真理，然而山裏人知道。因為大青山的人與大青山的花，他（它）們的生命一樣「能活」、「皮實」。

　　一對老夫妻在山邊草叢撿枸杞子，「其實只是玩！」因為他們有未泯的童心，懂得「從生活中尋找樂趣」。

　　槐花開放的日子，養蜂人夫婦來了；槐花落了，他們也走了。然而在作家的眼中，這種東南西北的生活，自有「一種農村式的浪漫主義」。

　　汪曾祺在《散文應是精品》中說：「小說是寫人的，小說家

在寫散文的時候也總是想到人。即使是寫遊記，寫習俗，乃至寫草木蟲魚，也都是此中有人，呼之欲出。」這篇散文正是最好的範例。

山丹丹

我在大青山挖到一棵山丹丹。這棵山丹丹的花真多。招待我們的老堡壘戶看了看，説：「這棵山丹丹有十三年了。」

「十三年了？咋知道？」

「山丹丹長一年，多開一朵花。你看，十三朵。」

山丹丹記得自己的歲數。

我本想把這棵山丹丹帶回呼和浩特，想了想，找了把鐵鍬，在老堡壘戶的開滿了藍色黨參花的土台上刨了個坑，把這棵山丹丹種上了。問老堡壘戶：

「能活？」

「能活。這東西，皮實。」

大青山到處是山丹丹，開七朵花、八朵花的，多的是。

山丹丹花開花又落，

一年又一年……

這支流行歌曲的作者未必知道，山丹丹過一年多開一朵花。唱歌的歌星就更不會知道了。

枸杞

枸杞到處都有。枸杞頭是春天的野菜。採摘枸杞的嫩頭，略焯過，切碎，與香乾丁同拌，澆醬油醋香油；或入油鍋爆炒，皆極清香。夏末秋初，開淡紫色小花，誰也不注意。隨即結出小小的紅色的卵形漿果，即枸杞子。我的家鄉叫做狗奶子。

我在玉淵潭散步，在一個山包下的草叢裏看見一對老夫妻彎着腰在找甚麼。他們一邊走，一邊搜索。走幾步，停一停，彎腰。

　　「您二位找甚麼？」

　　「枸杞子。」

　　「有嗎？」

　　老同志把手裏一個罐頭玻璃瓶舉起來給我看，已經有半瓶了。

　　「不少！」

　　「不少！」

　　他解嘲似的哈哈笑了幾聲。

　　「您慢慢撿着！」

　　「慢慢撿着！」

　　看樣子這對老夫妻是離休幹部，穿得很整齊乾淨，氣色很好。

　　他們撿枸杞子幹甚麼？是配藥？泡酒？看來都不完全是。真要是需要，可以託熟人從寧夏捎一點或寄一點來。——聽口音，老同志是西北人，那邊肯定會有熟人。

　　他們撿枸杞子其實只是玩！一邊走着，一邊撿枸杞子，這比單純的散步要有意思。這是兩個童心未泯的老人，兩個老孩子！

　　人老了，是得學會這樣的生活。看來，這二位中年時也是很會生活，會從生活中尋找樂趣的。他們為人一定很好，很厚道。他們還一定不貪權勢，甘於淡泊。夫妻間一定不會為柴米油鹽、兒女婚嫁而吵嘴。

從釣魚台到甘家口商場的路上，路西，有一家的門頭上種了很大的一叢枸杞，秋天結了很多枸杞子，通紅通紅的，禮花似的，噴泉似的垂掛下來，一個珊瑚珠穿成的華蓋，好看極了。這叢枸杞可以拿到花會上去展覽。這家怎麼會想起在門頭上種一叢枸杞？

槐花

玉淵潭洋槐花盛開，像下了一場大雪，白得耀眼。來了放蜂的人。蜂箱都放好了，他的「家」也安頓了。一個刷了塗料的很厚的黑色的帆布篷子。裏面打了兩道土堰，上面架起幾塊木板，是牀。牀上一捲鋪蓋。地上排着油瓶、醬油瓶、醋瓶。一個白鐵桶裏已經有多半桶蜜。外面一個蜂窩煤爐子上坐着鍋。一個女人在案板上切青蒜。鍋開了，她往鍋裏下了一把乾切麵。不大會兒，麵熟了，她把麵撈在碗裏，加了作料、撒上青蒜，在一個碗裏舀了半勺豆瓣。一人一碗。她吃的是加了豆瓣的。

蜜蜂忙着採蜜，進進出出，飛滿一天。

我跟養蜂人買過兩次蜜，繞玉淵潭散步回來，經過他的棚子，大都要在他門前的樹墩上坐一坐，抽一支煙，看他收蜜，刮蠟，跟他聊兩句，彼此都熟了。

這是一個五十歲上下的中年人，高高瘦瘦的，身體像是不太好，他做事總是那麼從容不迫，慢條斯理的。樣子不像個農民，倒有點像一個農村小學校長。聽口音，是石家莊一帶的。他到過很多省。哪裏有鮮花，就到哪裏去。菜花開的地方，玫瑰花開的地方，蘋果花開的地方，棗花開的地方。

每年都到南方去過冬，廣西、貴州。到了春暖，再往北翻。我問他是不是棗花蜜最好，他說是荊條花的蜜最好。這很出乎我的意外。荊條是個不起眼的東西，而且我從來沒有見過荊條開花，想不到荊條花蜜卻是最好的蜜。我想他每年收入應當不錯。他說比一般農民要好一些，但是也落不下多少：蜂具，路費；而且每年要賠幾十斤白糖 —— 蜜蜂冬天不採蜜，得餵牠糖。

女人顯然是他的老婆。不過他們歲數相差太大了。他五十了，女人也就是三十出頭。而且，她是四川人，說四川話。我問他：你們是怎麼認識的？他說：她是新繁縣人。那年他到新繁放蜂，認識了。她說北方的大米好吃，就跟來了。

有那麼簡單？也許她看中了他的脾氣好，喜歡這樣安靜平和的性格？也許她覺得這種放蜂生活，東南西北到處跑，好耍？這是一種農村式的浪漫主義。四川女孩子做事往往很灑脫，想咋個就咋個，不像北方女孩子有那麼多考慮。他們結婚已經幾年了。丈夫對她好，她對丈夫也很體貼。她覺得她的選擇沒有錯，很滿意，不後悔。我問養蜂人：她回去過沒有？他說：回去過一次，一個人，他讓她帶了兩千塊錢，她買了好些禮物送人，風風光光地回了一趟新繁。

一天，我沒有看見女人，問養蜂人，她到哪裏去了。養蜂人說，到我那大兒子家去了，去接我那大兒子的孩子。他有個大兒子，在北京工作，在汽車修配廠當工人。

她抱回來一個四歲多的男孩，帶着他在棚子裏住了幾天。她帶他到甘家口商場買衣服，買鞋，買餅乾，買冰糖葫

名家散文必讀系列·汪曾祺

蘆。男孩子在牀上玩雞啄米，她靠着被窩用勾針給他勾一頂大紅的毛線帽子。她很愛這個孩子。這種愛是完全非功利的，既不是討丈夫的歡心，也不是為了和丈夫的兒子一家搞好關係。這是一顆很善良，很美的心。孩子叫她奶奶，奶奶笑了。

過了幾天，她把孩子又送了回去。

過了兩天，我去玉淵潭散步，養蜂人的棚子拆了，蜂箱集中在一起。等我散步回來，養蜂人的大兒子開來一輛卡車，把棚柱、木板、煤爐、鍋碗和蜂箱裝好，養蜂人兩口子坐上車，卡車開走了。

玉淵潭的槐花落了。

我 的 家 鄉

◖ 導讀

　　《我的家鄉》作於 1991 年 6 月 20 日，發表於 1991 年第 10 期《作家》。文章一開篇沒有直接進入對家鄉的描述，而是提出一個問題：為甚麼小說裏總有水？即使沒有寫到水，也有水的感覺。由此自然而然點出：「我的家鄉是一個水鄉，我是在水邊長大的，耳目之所接，無非是水。」

　　自此，文章順流而下：「我的家鄉高郵在京杭大運河的下面。」站在運河堤上俯瞰高郵，一幅水鄉風俗畫卷生機勃勃地展開。弄船的，「極精壯，渾身作古銅色」，「因為長年注視着滾動的水」，「目光清明堅定」。船老闆的娘子，一邊扳舵，一邊餵哺嬰孩兒，「態度悠然」。竹竿上晾曬着衣褲，「風吹着啪啪作響」。打魚的，多用魚鷹。「打魚人把篙子一揮，這些魚鷹就劈劈啪啪，紛紛躍進水裏。」

　　由水而及湖，上溯沈括的《夢溪筆談》，引出「秦郵八景」之一，下迄湖上的「紫色的長天」與女人「高亮而悠長的聲音」——「二丫頭……回來吃晚飯來……」

　　河是懸河，湖是懸湖，文章寫到這裏，風聲水起，記述了親身經歷的一場大水災，驚心動魄，「高郵成了澤國」。

　　水退了，作家行文也似涓涓細流。遙憶那些每天都看河水的

日子，水鄉的水產，鹹鴨蛋，名勝古跡，最後琢磨起「高郵」這
個稱謂，文章像水流一樣，漸漸消逝在天際。

法國人安妮·居里安女士聽說我要到波士頓，特意退了機票，推遲了行期，希望和我見一面。她翻譯過我的幾篇小説。我們談了約一個小時，她問了我一些問題。其中一個是，為甚麼我的小説裏總有水？即使沒有寫到水，也有水的感覺。這個問題我以前沒有意識到過。是這樣，這是很自然的。我的家鄉是一個水鄉，我是在水邊長大的，耳目之所接，無非是水。水影響了我的性格，也影響了我的作品的風格。

　　我的家鄉高郵在京杭大運河的下面。我小時候常到運河堤上去玩（我的家鄉把運河堤叫「上河堆」或「上河埫」。「埫」字一般字典上沒有，可能是家鄉人造出來的字，音淌。「堆」當是「堤」的聲轉）。我讀的小學的西面是一片菜園，穿過菜園就是河堤。我的大姑媽（我們那裏對姑媽有個很奇怪的叫法，叫「擺擺」，別處我從未聽過有此叫法）的家，出門西望，就看見爬上河堤的石級。這段河堤有石級，名「御碼頭」，康熙或乾隆曾在此泊舟登岸（據說御碼頭夏天沒有蚊子）。運河是一條「懸河」，河底比東堤下的地面高，據說河堤和城牆垛子一般高。站在河堤上，可以俯瞰堤下的街道房屋。我們幾個同學，可以指認哪一處的屋頂是誰家的。城外的孩子放風箏，風箏在我們的腳下飄。城裏人家養鴿子，鴿子飛起來，我們看到的是鴿子的背。幾隻野鴨子貼水飛向東，過了河堤，下面的人看見野鴨子飛得高高的。

　　我們看船。運河裏有大船。上水的船多撐篙。弄船的脱光了上身，使勁把篙子梢頭頂在肩窩處，在船側窄窄的舷板上，從船頭一步一步走向船尾。然後拖着篙子走回船頭，

欻一聲把篙子投進水裏，扎到船底，又頂篙子，一步一步走向船尾。如是往復不停。大船上用的船篙甚長而極粗，篙頭如飯碗大，有鋒利的鐵尖。使篙的通常是兩個人，船左右舷各一人；有時只有一個人，在一邊。這條船的水程，實際上是他們用腳一步一步走出來的。這種船多是重載，船幫吃水甚低，幾乎要浸到船板上來。這些撐篙男人都極精壯，渾身作古銅色。他們是不說話的，大都眉棱很高，眉毛很重。因為長年注視着滾動的水，故目光清明堅定。這些大船常有一個舵樓，住着船老闆的家眷。船老闆娘子大都很年輕，一邊扳舵，一邊敞開懷奶孩子，態度悠然。舵樓大都伸出一枝竹竿，晾曬着衣褲，風吹着啪啪作響。

看打魚。在運河裏打魚的多用魚鷹。一般都是兩條船，一船八隻魚鷹，有時也會有三條、四條，排成陣勢。魚鷹棲在木架上，精神抖擻，如同臨戰狀態。打魚人把篙子一揮，這些魚鷹就劈劈啪啪，紛紛躍進水裏。只見牠們一個猛子扎下去，眨眼工夫，有的就叼一條鱖魚上來 —— 魚鷹似乎專逮鱖魚。打魚人解開魚鷹脖子上的金屬的箍 —— 魚鷹脖子上都有一道箍，否則牠就會把逮到的魚吞下去，把鱖魚扔進船艙，獎給牠一條小魚，牠就高高興興，心甘情願地又跳進水裏去了。有時兩隻魚鷹合力抬起一條大鱖魚上來，鱖魚還在掙蹦，打魚人已經一手撈住了。這條鱖魚夠四斤！這真是一個熱鬧場面。看打魚的、看魚鷹的，都很興奮激動，倒是打魚人顯得十分冷靜，不動聲色。

遠遠地聽見砰砰砰砰的響聲，那是在修船造船。砰砰的聲音是斧頭往船板裏敲釘。船體是空的，故聲音傳得很遠。

待修的船翻扣過來，底朝上。這隻船辛苦了很久，它累了，它正在休息。一隻新船造好了，油了桐油，過兩天就要下水了。看看嶄新的船，叫人心裏高興 —— 生活是充滿希望的。船場附近照例有打船釘的鐵匠爐，丁丁噹噹。有碾石粉的碾子，石粉是填船縫用的。有賣牛雜碎的攤子。賣牛雜碎的是山東人。這種攤子上還賣鍋盔（一種很厚很大的麵餅）。

有時我們到西堤去玩。坐小船，兩篙子就到了。西堤外就是高郵湖。我們那裏的人都叫它西湖。湖很大，一眼望不到邊。很奇怪，我竟沒有在湖上坐過一次船。西湖還有一些村鎮。我知道一個地名，菱塘橋，想必是個大鎮子。我喜歡菱塘橋這個地名，這引起我的響往，但我不知道菱塘橋是甚麼樣子。湖東有的村子，到夏天就把耕牛送到湖西去歇伏。我所住的東大街上，那幾天就不斷有成隊的水牛在大街上慢慢地走過。牛過後，留下很大的一堆一堆牛屎。聽說湖西涼快，而且湖西有茭草，牛吃了會消除勞乏，恢復健壯。我於是想像湖西是一片碧綠碧綠的茭草。

高郵湖中，曾有神珠。沈括《夢溪筆談》載：

嘉祐中，揚州有一珠甚大，天晦多見，初出於天長縣陂澤中，後轉入甓射湖，又後乃在新開湖中，凡十餘年，居民行人常常見之。余友人書齋在湖上，一夜忽見其珠甚近，初微開其房，光自吻中出，如橫一金線，俄忽張殼，其大如半席，殼中白光如銀，珠大如掌。燦爛不可正視，十餘里間林木皆有影，如初日所照，遠處但見天赤如野火，倏然遠去，其行如飛，浮於波中，杳杳如月。古有明月之珠，此珠色不

類月，熒熒有芒焰，殆類日光。崔伯易嘗為《明珠賦》。伯易高郵人，蓋常見之。近歲不復出，不知所往。樊良鎮正當珠往來處，行人至此，往往維船數宵以待觀，名其亭為「玩珠」。

這就是「秦郵八景」的第一景「甓射珠光」。沈括是很嚴肅的學者，所言鑿鑿，又生動細緻，似乎不容懷疑。這是個甚麼東西呢？是一顆大珠子？嘉祐到現在也才九百多年，已經不可究詰了。高郵湖亦稱珠湖，以此。我小時學刻圖章，第一塊刻的就是「珠湖人」，是一塊肉紅色的長方形圖章。

湖通常是平靜的，透明的。這樣一片大水，浩浩淼淼（湖上常常沒有一艘船），讓人覺得有些荒涼，有些寂寞，有些神祕。

黃昏了。湖上的藍天漸漸變成淺黃、橘黃，又漸漸變成紫色，很深很深的紫色。這種紫色使人深深感動。我永遠忘不了這樣的紫色的長天。

聞到一陣陣炊煙的香味。停泊在御碼頭一帶的船上正在燒飯。

一個女人高亮而悠長的聲音：

「二丫頭……回來吃晚飯來……」

像我的老師沈從文常愛說的那樣，這一切真是一個聖境。

高郵湖是懸湖。湖面，甚至有的地方的湖底，比運河東面的地面都高。

湖是懸湖，河是懸河，我的家鄉隨時都在大水的威脅之中。翻開縣志，水災接連不斷。我所經歷過的最大的一次水災，是民國二十年。

　　這次水災是全國性的。事前已經有了很多徵兆。連降大雨，西湖水位增高，運河水平了槽，坐在河堤上可以「踢水洗腳」。有很多瘆人的、不祥的現象。天王寺前，蝦蟆爬在柳樹頂上叫。老人們說：蝦蟆在多高的地方叫，大水就會漲得多高。我們在家裏的天井裏躺在竹牀上乘涼，忽然撥刺一聲，從陰溝裏蹦出一條大魚！運河堤上，龍王廟裏香燭晝夜不熄。七公殿也是這樣。大風雨的黑夜裏，人們說是看見「耿廟神燈」了。耿七公是有這個人的，生前為人治病施藥，風雨之夜，他就在家門前高旗杆上掛起一串紅燈，在黑暗的湖裏打轉的船，奮力向紅燈划去，就能平安到岸。他死後，紅燈還常在濃雲密雨中出現，這就是「耿廟神燈」——「秦郵八景」中的一景。耿七公是漁民和船民的保護神，漁民稱之為「七公老爺」。漁民每年要做會，謂之「七公會」。神燈是美麗的，但同時也給人一種神祕恐怖感。陰曆七月，西風大作，店鋪都預備了「高挑燈籠」——長竹柄，一頭用火燒彎如鈎狀，上懸一個燈籠，輪流值夜巡堤。告警鑼聲不斷。本來平靜的水變得暴怒了。一個浪頭翻上來，會把東堤石工的丈把長的青石掀起來。看來堤是保不住了。終於，我記得是七月十三（可能記錯），倒了口子。我們那裏把決堤叫「倒口子」。西堤四處，東堤六處。湖水湧入運河，運河水直灌堤東。頃刻之間，高郵成了澤國。

　　我們家住進了竺家巷一個茶館的樓上（同時搬到茶館樓

名家散文必讀系列・汪曾祺

上的還有幾家），巷口外的東大街成了一條河，「河」裏翻滾着箱箱櫃櫃、死豬死羊。「河」裏行了船，會水的船家各處去救人（很多人家爬在屋頂上、樹上）。

約一星期後，水退了。

水退了，很多人家的牆壁上留下了水印，高及屋簷。很奇怪，水印怎麼擦洗也擦洗不掉。全縣糧食幾乎顆粒無收。我們這樣的人家還不致挨餓，但是沒有菜吃。老是吃慈姑湯，很難吃。比慈姑湯還要難吃的是芋頭梗子做的湯，日本人愛喝芋梗湯，真不可理解。大水之後，百物皆一時生長不出，惟有慈姑芋頭卻是豐收！我在小學教務處的地上發現幾個特大的螞蟥，縮成一團，有拳頭大，怎麼踩也踩不破！

我小時候，從早到晚，一天沒有看過河水的日子，幾乎沒有。我上小學，倘不走東大街而走後街，是沿河走的。上初中，如果不從城裏走，走東門外，則是沿着護城河。出我家所在的巷口的南頭，是越塘。出巷北，往東不遠，就是大淖。我在小說《異秉》中所寫的老朱，每天要到大淖去挑水，我就跟着他一起去玩。老朱真是個忠心耿耿的人，我很敬重他。他下水把水桶弄滿（他兩腿都是「筋疙瘩」──靜脈曲張），我就揀選平薄的瓦片打水漂。我到一溝、二溝、三垛，都是坐船。到我的小說《受戒》所寫的庵趙莊去，也是坐船。我第一次離家去外地讀高中，也是坐船──輪船。

水鄉極富水產。魚之類，鄉人所重者為鯿、白、鯮（鯮花魚即鱖魚）。蝦有青白兩種。青蝦宜炒蝦仁，嗆蝦（活蝦酒醉生吃）則用白蝦。小魚小蝦，比青菜便宜，是小户人家佐餐的恩物。小魚有名「羅漢狗子」、「貓殺子」者很好

吃。高郵湖蟹甚佳，以作醉蟹，尤美。高郵的大麻鴨是名種。我們那裏八月中秋興吃鴨，饋送節禮必有公母鴨成對。大麻鴨很能生蛋。醃製後即為著名的「高郵鹹蛋」。高郵鴨蛋雙黃者甚多。江浙一帶人見面問起我的籍貫，答云高郵，多肅然起敬，曰：「你們那裏出鹹鴨蛋。」好像我們那裏就只出鹹鴨蛋！

我的家鄉不只出鹹鴨蛋。我們還出過秦少游，出過散曲作家王磐，出過經學大師王念孫、王引之父子。

縣裏名勝古跡最出名的是文遊台。這是秦少游、蘇東坡、孫莘老、王定國文酒遊會之所。台基在東山（一座土山）上，登台四望，眼界空闊。我小時憑欄看西面運河的船帆露着半截，在密密的楊柳梢頭後面緩緩移動，覺得非常美。有一座鎮國寺塔，是個唐塔，方形。這座塔原在陸上，運河拓寬後，為了保存這座塔，留下塔的周圍的土地，成了運河當中的一個小島。鎮國寺我小時還去玩過，是個不大的寺。寺門外有一堵紫色的石製照壁，這堵照壁向前傾斜，卻不倒。照壁上刻着海水，故名「海水照壁」。寺內還有一尊肉身菩薩的坐像，是一個和尚坐化後漆成的。寺不知毀於何時。另外還有一座淨土寺塔，明代修建。我們小時候記不住甚麼鎮國寺、淨土寺，因其一在西門，名之為「西門寶塔」；一在東門，便叫它「東門寶塔」。老百姓都是這麼叫的。

全國以郵字為地名的，應只高郵一縣。為甚麼叫高郵？因為秦始皇曾在高處建郵亭。高郵是秦王子嬰的封地，至今還有一條河叫子嬰河，舊有子嬰廟，今不存。高郵為秦代

始建，故亦名秦郵，外地人或以為這跟秦少游有甚麼關係，
沒有。

一九九一年六月二十日

錄音壓鳥

◀ **導讀**

　　《錄音壓鳥》寫於 1991 年 11 月 5 日。那時候，汪曾祺先生
71 歲，雖然年紀大了，但是依然保持着對周遭世界的關注與好
奇，保持着「思想的年輕」。在《卻老》一文中，他説，「人總是
要老的，要儘量使自己老得慢一些」，「要使自己老得慢一點，首
先要保持思想的年輕，不要僵化」。

　　「光棍好苦」、「咕咕，咕咕」，兩種不合時宜的鳥叫聲吸引了
作家的注意，詢問之後，才發現是他們那座樓八層的小伙子在放
錄音「壓鳥」。「壓鳥」就是培訓畫眉學習各種鳴聲。隨後，又聽
見母雞下蛋的「咯咯」聲，小貓的「喵嗚，喵嗚」。

　　作家由此追溯了養鳥人「壓鳥」的生活，認為畫眉可能天生
就有學習各種聲音的習性，所以「不反對畫眉學別的鳥或別的甚
麼東西的聲音」，但還是希望「讓畫眉『自覺自願』地學習，不要
灌輸，甚至強迫」。

　　幾聲鳥叫，引出一段思考，汪曾祺先生説：「用思想，最好的
辦法是寫文章。平常想一些事情，想想也就過去了。倘要落筆寫
成文章，就得再多想想，使自己的思想合邏輯，有條理，同時也
會發現這件事所蘊藏的更豐富的意義。」（《卻老》）

聽到一種鳥聲：「光棍好苦。」奇怪！這一帶都是樓房，怎麼會飛來一隻「光棍好苦」呢？鳥聲使我想起南方的初夏、雨聲、綠。「光棍好苦」也叫「割麥插禾」、「媳婦好苦」。這種鳥的學名是甚麼，我一直沒有弄清楚，也許是「四聲杜鵑」吧。接着又聽見鴿子的聲音：「咕咕，咕咕。」唔？我明白了：這是誰家把這兩種鳥的鳴聲錄了音，在屋裏放着玩哩，——季節也不對，九十月不是「光棍好苦」的時候。聽聽鳥叫錄音，也不錯，不像搖滾樂那樣吵人。不過他一天要放好多遍。一天下樓，又聽見。我問鄰居：

「這是誰家老放『光棍好苦』？」

「八層！養了一隻畫眉，『壓』他那隻鳥哪！」

過了幾天，八層的錄音又添了一段，母雞下蛋：咯咯咯咯、咯咯咯咯、咯咯咯咯嗒……

又過了幾天，又續了一段：喵嗚，喵嗚。小貓。

我於是肯定，鄰居的話不錯。

培訓畫眉學習鳴聲，北京叫做「壓」鳥。「壓」亦寫作「押」。

北京人養畫眉，講究有「口」。有的畫眉能有十三或十四套口，即能學十三四種叫聲。比較一般的是葦咋子（一種小水鳥）、山喜鵲（藍灰色）、大喜鵲，還有「伏天兒」（蟬之一種），鳴聲如「伏天伏天……」。我一天和女兒在玉淵潭堤上散步，聽見一隻畫眉學貓叫，學得真像，我女兒不禁笑出聲來：「這不是自己嚇唬自己嗎？」聽說有一隻畫眉能學「麻雀爭風」：兩隻麻雀，本來挺好，叫得很親熱；來了個第三者，跟母麻雀調情，公麻雀生氣了，和第三者打

了起來；結果是第三者勝利了，公麻雀被打得落荒而逃，母麻雀和第三者要好了，在一處叫得很親熱。一隻畫眉學三隻鳥叫，還叫出了情節，我真有點不相信。可是養鳥的行家都說這是真事。聽行家們說，壓鳥得讓畫眉聽真鳥，學山喜鵲就讓牠聽山喜鵲，學葦咋子就聽真葦咋子；其次，就是向別的有「口」的畫眉學。北京養畫眉的每天集中在一起，謂之「會鳥」，目的之一就是讓畫眉互相學習。靠聽錄音，是壓不出來的！玉淵潭有一年飛來了一隻「光棍好苦」，一隻鴿子，有一位，每天拿着錄音機，追蹤這兩隻鳥。我問養鳥的行家：「他這是幹甚麼？」——「想錄下來，讓畫眉學，——瞎掰！」

北京養畫眉的大概有不少人想讓畫眉學會「光棍好苦」和布穀。不過成功的希望很少。我還沒聽到一隻畫眉有這一套「口」的。那位不辭辛苦跟蹤錄音的「主兒」也是不得已。「光棍好苦」和鴿子北京極少來，來了，叫兩天就飛走了。讓畫眉跟真的「光棍好苦」和鴿子學，「沒門兒！」

我們樓八層的小伙子（我無端地覺得這個養畫眉的是個年輕人，一個生手）錄的這四套「學習資料」，大概是跟別人轉錄來的。他看來急於求成，一天不知放多少遍錄音。一天到晚，老聽他的「光棍好苦」、「咕咕」、「咯咯咯咯嗒」、「喵嗚」，不免有點叫人厭煩。好在，我有點幸災樂禍地想，這套錄音大概聽不了幾天了，他這隻畫眉是隻「生鳥」，「壓」不出來的。

我不反對畫眉學別的鳥或別的甚麼東西的聲音（有的畫眉能學舊日北京推水的獨輪小車吱吱扭扭的聲音；有一陣北

京抓社會治安，不少畫眉學會了警車的尖利的叫聲，這種不上「譜」的叫聲，謂之「髒口」，養畫眉的會一把抓出來，把牠摔死）。也許畫眉天生就有學這些聲音的習性。不過，我認為還是讓畫眉「自覺自願」地學習，不要灌輸，甚至強迫。我擔心畫眉忙着學這些聲音，會把牠自己本來的聲音忘了。畫眉本來的鳴聲是很好聽的。讓畫眉自由地唱牠自己的歌吧！

一九九一年十一月五日

遙寄愛荷華
——懷念聶華苓[①] 和保羅·安格爾

導讀

　　《遙寄愛荷華》寫於 1991 年 12 月 20 日，發表在 1992 年第 2 期《中華兒女》上。汪曾祺追憶了 1987 年 9 月，應安格爾和聶華苓夫婦之邀，到愛荷華參加愛荷華大學「國際寫作計劃」，期間多次在安格爾夫婦家聚會交遊，結成深情厚誼。

　　文章採用汪曾祺特有的白描寫法，眾多的人與事散淡道來，舒展自如，在看似不經意處細膩鋪排，撥動人心。如寫安格爾有一首詩的最後一段只有一行「中國也有螢火蟲嗎？」然後悄然一筆：「我忽然非常感動。我真想給他捉兩個中國的螢火蟲帶到美國去。」這樣就把兩國作家之間的美好友情提升到心靈交流的層面，使文章的氣韻風度更為靈動。如寫聶華苓的好客和熱情，在敘述她對中國朋友的精心接待之後，轉折一筆，說「聶華苓是個很容易動感情的人」，提到她一次在和好友歡聚，酒闌人散之際失聲痛哭的情景，就使人物的形象更加真切、感人。

---

① 　聶華苓（1925—　　），著名華人作家，與其丈夫美國詩人保羅·安格爾在愛荷華大學創辦「國際寫作計劃」，每年邀請各國著名作家到愛荷華大學進行文化交流活動。

一九八七年九月，我應安格爾和聶華苓之邀，到愛荷華去參加愛荷華大學「國際寫作計劃」，認識了他們夫婦，成了好朋友。安格爾是愛荷華人。他是愛荷華城的驕傲。愛荷華的第一國家銀行是本城最大的銀行，和「寫作計劃」的關係很密切（「國際寫作計劃」作家的存款都在第一銀行開戶），每一屆「國際寫作計劃」，第一銀行都要舉行一次盛大的招待酒會。第一銀行的牆壁上掛了一些美國偉人的照片或圖像。酒會那天，銀行特意把安格爾的巨幅淡彩鉛筆圖像也擺了出來，畫像畫得很像，很能表現安格爾的神情：爽朗，幽默，機智。安格爾拉了我站在這張畫像的前邊拍了一張照片。可惜我沒有拿到照相人給我加印的一張。

江迪爾是一家很大的農機廠。這家廠裏請亨利·摩爾做了一個很大的抽象的銅像，特意在一口湖當中造了一個小島，把銅像放在島上。江迪爾農機廠是「國際寫作計劃」的贊助者之一，每年要招待國際作家一次午宴。在宴會上，經理致辭，說安格爾是美國文學的巨人。

我不熟悉美國文學的情況，尤其是詩，不能評價安格爾在美國當代文學中的位置。我只讀過一本他的詩集《中國印象》，是他在中國旅行之後寫的，很有感情。他的詩是平易的，好懂的，是自由詩。有一首詩的最後一段只有一行：

中國也有螢火蟲嗎？

我忽然非常感動。
我真想給他捉兩個中國的螢火蟲帶到美國去。

我三天兩頭就要上聶華苓家裏去，有時甚至天天去。有兩天沒有去，聶華苓估計我大概一個人在屋裏，就會打電話來。我們住在五月花公寓，離聶華苓家很近，五分鐘就到了。

　　聶華苓家在愛荷華河邊的一座小山半麓。門口有一塊銅牌，豎寫了兩個隸書：「安寓」。這大概是聶華苓的主意。這是一所比較大的美國中產階級的房子，買了已經有些年了。木結構。美國的民居很多是木結構，沒有圍牆，一家一家不挨着。這種木結構的房子也是不能挨着，挨在一起，一家着火，會燒成一片。我在美國看了幾處遭了火災的房子，都不殃及鄰舍。和鄰舍保持一段距離，這也反映出美國人的以個人主義為基礎的文化心理。美國人不願意別人干擾他們的生活，不講甚麼「處街坊」，不講「聞多素心人，樂與數晨夕」。除非得到邀請，美國人不隨便上人家「串門兒」。

　　是一座兩層的房子。樓下是聶華苓的書房，有幾張中國字畫。我給她帶去一個我自己畫的小條幅，畫的是一叢秋海棠，一個草蟲，題了兩句朱自清先生的詩：「解得夕陽無限好，不須惆悵近黃昏。」第二天她就掛在書桌的左側，以示對我的尊重。

　　樓上是臥室、廚房、客廳。一上樓梯，對面的牆上在一塊很大的印第安人的壁衣上掛滿了各個民族、各個地區、各色各樣的面具，是安格爾搜集來的。安格爾特別喜愛這些玩意。他的書架上、壁爐上，到處都是這一類東西（包括一個黃銅敲成的狗頭鳥腳的非洲神像，一些東南亞的皮影戲人形……）。

餐廳的一壁橫掛了一柄船槳,上面寫滿了字,想是安格爾在大學划船比賽獲獎的紀念。

一個書櫃裏放了一張安格爾的照片,坐在一塊石頭上,很英俊,一個典型的美國年輕紳士。聶華苓說:「我認識他的時候,他就是這個樣子!」

南面和西面的牆頂牽滿了綠蘿。美國很多人家都種這種植物,有的店鋪裏也種。這玩意只要一點土,一點水,就能陸續抽出很長的條,不斷生出心形的濃綠肥厚的葉子。

白色羊皮面的大沙發是可以移動的。一般是西面、北面各一列,成直角。有時也可以拉過來,在小圓桌周圍圍成一圈。人多了,可以坐在地毯上。台灣詩人蔣勳好像特愛坐在地毯上。

客廳的一角散放着報紙、刊物、畫冊。

這是一個舒適、隨便的環境,誰到這裏都會覺得無拘無束。美國有的人家過於整潔,進門就要脫鞋,又不能抽煙,真是別扭。

安格爾和聶華苓都非常好客。他們家幾乎每個晚上都是座上客常滿,杯中酒不空。愛荷華是個安靜、古板的城市(城市人口六萬,其中三萬是大學生),沒有夜生活。夜間無事,因此,家庭聚會就比較多。

「國際寫作計畫」會期三個月,聶華苓星期六大都要舉行晚宴,招待各國作家。分撥邀請。這一撥請哪些位,那一撥請哪些位,是用心安排的。她邀請中國作家(包括大陸的、台灣的、香港的,和在美國的華人作家)次數最多。有些外國作家(主要是說西班牙語的南美作家)有點吃醋,說

聶華苓對中國作家偏心。聶華苓聽到了，說：「那是！」我跟她說：「我們是你的娘家人。」——「沒錯！」

美國的習慣是先喝酒，後吃飯。大概六點來鐘，就開始喝。安格爾很愛喝酒，喝威士忌。我去了，也都是喝蘇格蘭威士忌或伯爾本（美國威士忌）。伯爾本有一點苦味，別具特色。

每次都是吃開心果就酒。聶華苓不知買了多少開心果，隨時待客，源源不斷。有時我去早了，安格爾在他自己屋裏，聶華苓在廚房忙着，我就自己動手，倒一杯先喝起來。他們家放酒和冰塊的地方我都知道。一邊喝加了冰的威士忌，一邊翻閱一大摞華文報紙，蠻愜意。我在安格爾家喝的威士忌加在一起，大概不止一箱。我一輩子沒有喝過那樣多威士忌。有兩次，聶華苓說我喝得說話舌頭都直了！臨離愛荷華前一晚，聶華苓還在我的外面包着羊皮的不鏽鋼扁酒壺裏灌了一壺酒。

晚飯烤牛排的時候多。我愛吃烤得很嫩的牛排。聶華苓說：「下次來，我給你一塊生牛排你自己切了吃！」

吃過一次核桃樹枝烤的牛肉。核桃樹枝是從後面小山上撿的。

美國火鍋吃起來很簡便。一個長方形的鍋子，各人自己涮雞片、魚片、肉片……

聶華苓表演了一次豆腐丸子。這是湖北菜。

聶華苓在美國二十多年了，但從裏到外，都還是一個中國人。

她有個弟弟也在美國，我聽到她和弟弟打電話，說的是

地地道道的湖北話!

有一次中國作家聚會,合唱了一支歌「我的家在東北松花江上」。聶華苓是抗戰後到台灣的,她會唱相當多這樣的救亡歌曲。台灣小說家陳映真、詩人蔣勳,包括年輕的小說家李昂也會唱這支歌。唱得大家心裏酸酸的。聶華苓熱淚盈眶。

聶華苓是個很容易動感情的人。有一次她和在美的華人友好歡聚,在將近酒闌人散(有人已經穿好外衣)的時候,她忽然感傷起來,失聲痛哭,招得幾位女士陪她哭了一氣。

有一次陳映真[②]的父親坐一天的汽車,特意到愛荷華來看望中國作家。老先生年輕時在台灣教學,曾把魯迅的小說改成戲劇在台演出,大概是在台灣最早介紹魯迅的學人之一。老先生對祖國懷了極深的感情。陳映真之成為台灣「統派」的代表人物之一,與幼承庭訓有關。陳老先生在席間作了熱情洋溢的講話。我聽了,一時非常激動,不禁和老先生抱在一起,哭了。聶華苓陪着我們流淚,一面攢着我的手說:「你真好!你真好!你真可愛!」

我跟聶華苓說:「我已經好多年沒有哭過了。」

聶華苓原來叫我「汪老」,有一天,對我說:「我以後不叫你『汪老』了,把你都叫老了!我叫你汪大哥!」我說:「好!」不過似乎以後她還是一直叫我「汪老」。

中國人在客廳裏高談闊論,安格爾是不參加的,他不

---

② 陳映真(1937—2016),台灣作家,代表作有《將軍族》等。

會漢語。他會説的中國話大概只有一句:「夠了!太夠了!」一有機會,在給他分菜或倒酒時,他就愛露一露這一句。但我們在聊天時,他有時也在一邊聽着,而且好像很有興趣。我跟他不能交談,但彼此似乎很能交流感情,能夠互相欣賞。有一天我去得稍早,用英語跟他説了一句極其普通的問候的話:「你今天看上去氣色很好。」他大叫:「華苓!他能説完整的英語!」

安格爾在家時衣着很隨便,總是穿一件寬大的紫色睡袍,軟底的便鞋,跑來跑去,一會兒回他的卧室,一會兒又到客廳裏來。我説他是個無事忙。聶華苓説:「就是,就是!整天忙忙叨叨,busy! busy!不知道他忙甚麼!」

他忙活的事情之一,是伺候他的那羣鹿和浣熊。有一羣鹿和浣熊住在「安寓」後山的雜木林裏,是野生的,經常到他的後窗外來做客。鹿有時兩三隻,有時七八隻;浣熊一來十好幾隻,他得為牠們準備吃的。鹿吃玉米粒。愛荷華是產玉米的州,玉米粒多的是,鹿都站在較高的山坡上,低頭吃玉米粒,忽然又揚起頭來很警惕地向窗户裏看一眼。浣熊吃麵包。浣熊憨頭憨腦,長得有點像熊貓,膽小,但是在牠們專心吃麵包片時,就不顧一切了,美國麵包隔了夜,就會降價處理,很便宜。聶華苓隔一兩天就要開車去買麵包。「浣熊吃,我們也吃!」鹿和浣熊光臨,便是神聖的時刻。安格爾深情地注視窗外,一面伸出指頭示意:不許做聲!鄂温克族作家烏熱爾圖是獵人,看着窗外的鹿,説:「我要是有一桿槍,一槍就能打倒一隻。」安格爾瞪着灰藍色的眼睛説:「你要是拿槍打牠,我就拿槍打你!」

安格爾是個心地善良、脾氣很好、快樂的老人，是個老天真，他愛大笑，大喊大叫，一邊叫着笑着，一邊還要用兩隻手拍着桌子。

他很愛聶華苓，老是愛說他和聶華苓戀愛的經過：他在台北舉行酒會，聶華苓在酒會上沒有和他說話。聶華苓要走了，安格爾問她：「你為甚麼不理我？」聶華苓說：「你是主人，你不主動找我說話，我怎麼理你？」後來，安格爾約聶華苓一同到日本去，聶華苓心想：一個外國人，約我到日本去？她還是同意了。到了日本，又到了新加坡、菲律賓……後來呢？

後來他們就結婚了。他大概忘了，他已經跟我說過一次他的羅曼史。我告訴蔣勳，我已經聽他說過了，蔣勳說：「我已經聽過五次！」他一說起這一段，聶華苓就制止他：「No more！ No more！」

聶華苓從客廳走回她的卧室，安格爾指指她的背影，悄悄地跟我說：

「她是一個了不起的女人！」

十二月中旬，我到紐約、華盛頓、費城、波士頓走了一圈。走的時候正是愛荷華的紅葉最好的時候，橡樹、元寶樹、日本楓……層層疊疊，如火如荼。

回到愛荷華，紅葉已經落光，這麼快！

我是年底回國的。離開愛荷華那天下了大雪，愛荷華一點聲音沒有。

一九八八年，安格爾和聶華苓訪問了大陸一次。作協外聯部不知道是哪位出了一個主意，不在外面宴請他們，讓

我在家裏親手給他們做一頓飯，我說：「行！」聶華苓在美國時就一直希望吃到我做的菜（我在她家裏只做過一次炸醬麵），這回如願以償了。我給他們做了幾個甚麼菜，已經記不清了，只記得有一碗揚州煮乾絲、一個燴瓜皮，大概還有一盤乾煸牛肉絲，其餘的，想不起來了。那天是蔣勳和他們一起來的。聶華苓吃得很開心，最後端起大碗。連煮乾絲的湯也喝得光光的。安格爾那天也很高興，因為我還有一瓶伯爾本，他到大陸，老是茅台酒、五糧液，他喝不慣。我給他斟酒時，他又找到機會亮了他的唯一的一句中國話：

「夠了！太夠了！」

一九九〇年初秋，我有個親戚到愛荷華去（他在愛荷華大學讀書），我和老伴請他帶兩件禮物給聶華苓，一個仿楚器雲紋朱紅漆盒，一件彩色紮花印染的純棉衣料。她非常喜歡，對安格爾說：「這真是汪曾祺！」

安格爾因心臟病突發，在芝加哥去世。大概是一九九一年初。

安格爾去世後，我和聶華苓沒有通過信。她現在怎麼生活呢？前天給她寄去一張賀年卡，寫了幾句話，信封上寫的是她原來的地址，也不知道她能不能收到。

一九九一年十二月二十日

花

　　《花》寫於 1993 年 1 月 29 日，發表於 1993 年第 4 期《收穫》。

　　這篇散文分作五題：《荷花》、《報春花・勿忘我》、《繡球花》、《杜鵑花》、《木香花》，分別記述了各種花的特徵，更深層次的是，描摹了與花相關的人、事、物。

　　《荷花》，荷花歷來是一種雅物，在作家筆下卻呈現出「雅俗共賞」的氣質。「荷葉粥和荷葉粉蒸肉都很好吃。」「下大雪，荷花缸裏落滿了雪。」兩相參差，韻味無窮。

　　《報春花・勿忘我》，描述勿忘我時，作家說，昆明人將其稱為「狗屎花」，同一種花，稱謂的不同，一下子顯示了文化意義上的差異。作家幽默地說，「這叫西方的詩人知道，將謂大煞風景」。作家還善於運用自己的國畫知識，來達到描述的精準，他說勿忘我，「藍得很正，就像國畫顏色中的『三藍』」。

　　《繡球花》，透過繡球花，作家插入了堂房小姑媽的生活片段。「繡球花開的時候，她就折了幾大球，插在一個白瓷瓶裏，她在花下面寫小字。」以花懷人，眼前景致頓時明亮起來。

　　《杜鵑花》，由一首寫及杜鵑花的歌起筆，追憶這首歌的詞曲作者，認為他們是「兩個通身都是書卷氣的搞藝術的人」，令人懷念和嚮往。

《木香花》，講述了年輕時美好的時光，年輕時的朋友，年輕時的豪情，木香花在旁邊作證。

　　花是媒介，印證着人們的心情，勾連起人們的記憶。

荷花

　　我們家每年要種兩缸荷花，種荷花的藕不是吃的藕，要瘦得多，節間也長，顏色黃褐，叫做「藕秧子」。在缸底鋪一層馬糞，厚約半尺，把藕秧子盤在馬糞上，倒進多半缸河泥，曬幾天，到河泥坼裂，有縫，倒兩擔水，將平缸沿。過個把星期，就有小荷葉嘴冒出來。過幾天荷葉長大了，冒出花骨朵了。荷花開了，露出嫩黃的小蓮蓬，很多很多花蕊。清香清香的。荷花好像說：「我開了。」

　　荷花到晚上要收朵。輕輕地合成一個大骨朵。第二天一早，又放開，荷花收了朵，就該吃晚飯了。

　　下雨了。雨打在荷葉上啪啪地響。雨停了，荷葉面上的雨水水銀似的搖晃。一陣大風，荷葉傾側，雨水流瀉下來。

　　荷葉的葉面為甚麼不沾水呢？

　　荷葉粥和荷葉粉蒸肉都很好吃。

　　荷葉枯了。

　　下大雪，荷花缸裏落滿了雪。

報春花・勿忘我

　　昆明報春花到處都有。圓圓的小葉子，柔軟的細梗子，淡淡的紫紅色的成簇的小花。田埂的兩側開得滿滿的，誰也不把它當做「花」。連根挖起來，種在淺盆裏，能活。這就是翻譯小說裏常常提到的櫻草。

　　偶然在北京的花店裏看到十多盆報春花，種在青花盆裏，標價相當貴，不禁失笑。昆明人如果看到，會說：這也賣？

Forget-me-not —— 勿忘我,名字很有詩意,花實在並不好看。草本,矮棵,幾乎是貼地而生的。抽條頗多,一叢一叢的。灰綠色的布做的似的皺皺的葉子。花甚小,附莖而開,顏色正藍。藍得很正,就像國畫顏色中的「三藍」,花裏頭像這樣純正的藍色的還很少見 —— 一般藍色的花都帶點紫。

為甚麼西方人把這種花叫做 forget-me-not 呢?是不是思念是藍色的。

昆明人不管它甚麼勿忘我,甚麼 forget-me-not,叫它「狗屎花」!

這叫西方的詩人知道,將謂大煞風景。

繡球

繡球,周天民編繪的《花卉畫譜》上說:

繡球虎兒草科,落葉灌木,高達一、二丈,乾皮帶皺。葉大橢圓形,邊緣有鋸齒。春月開花,百朵成簇,如球狀而肥大。小花五出深裂,瓣端圓,有短柄,其色有淡紫、紅、白。百株成族[1],儼如玉屏。

我始終沒有分清繡球花的小花到底是幾瓣,只覺得是分不清瓣的一個大花球。我偶爾畫繡球,也是以意為之地畫了很多簇在一起的花瓣,哪一瓣屬於哪一朵小花,不管它!

---

[1]　族,同「簇」。

繡球花是很好養的，不需要施肥，也不要澆水，不用
修枝，也不長蟲，到時候就開出一球一球很大的花，白得像
雪，非常燦爛。這花是不耐細看的，只是赫然地在你眼前輕
輕搖晃。

　　我以前看過的繡球都是白的。

　　我有個堂房的小姑媽 —— 她比我才大一歲。繡球花開
的時候，她就折了幾大球，插在一個白瓷瓶裏，她在花下面
寫小字。

　　她是訂過婚的。

　　聽說她婚後的生活很不幸，我那位姑父竟至動手打她。

　　前年聽説，她還在，胖得不得了。

　　繡球花雲南叫做「粉團花」。民歌裏有用粉團花來形容
女郎長得好看的。用粉團花來形容女孩子，別處的民歌裏似
還沒有見過。

　　我看過的最好的繡球是在泰山。泰山人養繡球是一種風
氣。一個茶館裏的院子裏的石凳上放着十來盆繡球，開得極
好。盆面一層厚厚的喝剩的茶葉。是不是繡球宜澆殘茶？泰
山盆栽的繡球花頭較小，花瓣較厚，瓣作豆綠色。這樣的繡
球是可以細看的。

杜鵑花

淡淡的三月天，
杜鵑花開在山坡上，
杜鵑花開在小溪旁，
多美麗哦，

鄉村家的小姑娘，

鄉村家的小姑娘。

這是抗日戰爭期間昆明的小學生很愛唱的一首歌。董林肯詞，徐守廉曲。這是一首曲調明快的抒情歌，很好聽。不單小學生愛唱，中學生也愛唱，大學生也有愛唱的，因為一聽就記住了。

董林肯和徐守廉是同濟大學的學生，原來都是育才中學畢業的。育才中學是全面培養學生才能的，而且是實行天才教育的學校。學生多半有藝術修養。董林肯、徐守廉都是學工的（同濟大學是工科大學），但都對藝術有很虔誠的興趣，因此能寫詞譜曲。

我是怎麼認識他們倆的呢？因為董林肯主辦了班台萊夫②的《錶》的演出，約我去給演員化裝，我到同濟大學的宿舍裏去見他們，認識了。那時在昆明，只要有藝術上的共同愛好，有人一介紹，就會熟起來的。

董林肯為甚麼要主持《錶》的演出？我想是由於在昆明當時沒有給孩子看的戲。他組織這次演出是很辛苦的，而且演戲總有些叫人頭疼的事，但是還是堅持了下來。他不圖甚麼，只是因為有一顆班台萊夫一樣的愛孩子的心。

我記得這個戲的導演是勞元幹。演員裏我記得演監獄看守的，是刺殺孫傳芳的施劍翹的弟弟，他叫施甚麼我已經忘

---

② 班台萊夫，現通譯班台萊耶夫（1908—1987），蘇聯著名兒童文學作家。他的《錶》是一篇童話，魯迅曾經翻譯過。

記了。他是個身材魁梧的胖子。我管化裝，主要是給他貼一個大仁丹鬍子。有當時有中國秀蘭‧鄧波兒之稱的小明星，長大後曾參與搜集整理《阿詩瑪》，現在寫小說、散文的女作家劉綺。有一次，不知為甚麼，劇團內部鬧了意見，戲幾乎開不了場，劉綺在後台大哭。劉綺一哭，事情就解決了。

劉綺，有這回事麼？

前幾年我重到昆明，見到劉綺。她還能看出一點小時候的模樣。不過，聽說已經當了奶奶了。

不知道為甚麼，我有時還會想起董林肯和徐守廉。我覺得這是兩個對藝術的態度極其純真，像我前面所說的，虔誠的人。他們身上沒有一點明星氣、流氓氣。這是兩個通身都是書卷氣的搞藝術的人。

淡淡的三月天，
杜鵑花開在山坡上，
杜鵑花開在小溪旁……

木香花

我的舅舅家有一架木香花。木香花開，我們就揪下幾撮，——木香柄長，似海棠，梗蒂着枝，一揪，可揪下一撮，養在淺口瓶裏，可經數日。

木香亦稱「錦柵兒」，枝條甚長。從運河的御碼頭上船，到快近車邏，有一段，兩岸全是木香，枝條伸向河上，搭成了一個長約一里的花棚。小輪船從花棚下開過，如同仙境。

前幾年我回故鄉一次，說起這一段運河兩岸的木香花棚，誰也不知道。我有點懷疑：我是不是在做夢？

昆明木香花極多。觀音寺南面，有一道水渠，渠的兩沿，密密地長了木香。

我和朱德熙曾於大雨少歇之際，到蓮花池閒步。雨又下起來了，我們趕快到一個小酒館避雨。要了兩杯市酒（昆明的綠陶高杯，可容三兩），一碟豬頭肉，坐了很久。連日下雨，牆腳積苔甚厚。簷下的幾隻雞都縮着一腳站着，天井裏有很大的一棚木香花，把整個天井都蓋滿了。木香的花、葉、花骨朵，都被雨水濕透，都極肥壯。

四十年後，我寫了一首詩，用一張毛邊紙寫成一個斗方，寄給德熙：

蓮花池外少行人，
野店苔痕一寸深。
濁酒一杯天過午，
木香花濕雨沉沉。

德熙很喜歡這幅字，叫他的兒子托了托，配一個框子，掛在他的書房裏。

德熙在美國病逝快半年了，這幅字還掛在他在北京的書房裏。

一九九三年一月二十九日

昆蟲備忘錄

◀ **導讀**

　　文章寫於 1993 年 2 月 2 日，載於 1994 年第 1 期《大家》。當時作家雖然已經年過古稀，我們在文章裏卻看到了他那一顆不老的童心。

　　「從小學三年級『自然』教科書上知道蜻蜓是複眼，就一直琢磨複眼是怎麼回事。」作家觀察到，「凡是複眼的昆蟲，視覺都很靈敏」。於是想像如果人長了一對複眼會怎樣呢？「螞蚱頭尖，徐文長曾覺得牠的頭可以蘸了墨寫字畫畫」。第三題《花大姐》，更是天馬行空的想像。「瓢蟲款款地落下來了，摺好牠的黑綢襯裙——膜翅，順順溜溜：收攏硬翅，嚴絲合縫。瓢蟲是做得最精緻的昆蟲。」先是一段典雅舒緩的敍述，像用小提琴拉開的一段前奏。筆鋒一轉，寫了一個超短篇小說：瓢蟲是上帝「做」給外孫女兒玩的，漂亮的瓢蟲因此被稱為「花大姐」。這其實是人間祖孫親情的另一種表現。獨角牛力氣很大，卻常常在笨拙的飛行中把自己摔暈。磕頭蟲磕頭的技藝竟不亞於體操隊員的空翻。蠅虎捕捉蒼蠅神速，還很勇敢，「蒼蠅虎子不怕人」。而狗蠅則是「世界上最討厭的東西」。

　　這是汪曾祺的《昆蟲記》，也許缺乏法布爾那細緻嚴謹的科學眼光，卻有着更多人情世態的圓融表達。草木、昆蟲常常出現

在作家的筆下，是他偏愛的題材。用審美的眼光來看待牠們，這些自然的生命都具有了個性與人情。

複眼

我從小學三年級「自然」教科書上知道蜻蜓是複眼，就一直琢磨複眼是怎麼回事。「複眼」，想必是好多小眼睛合成一個大眼睛。那牠怎麼看呢？是每個小眼睛都看到一個小形象，合成一個大形象？還是每個小眼睛看到形象的一部分，合成一個完整形象？捉摸不出來。

凡是複眼的昆蟲，視覺都很靈敏。麻蒼蠅也是複眼，你走近蜻蜓和麻蒼蠅，還有一段距離，牠就發現了，噌——，飛了。

我曾經想過：如果人長了一對複眼？

還是不要！那成甚麼樣子！

螞蚱

河北人把尖頭綠螞蚱叫「掛大扁兒」。西河大鼓裏唱道：「掛大扁兒甩子在那蕎麥葉兒上。」這句唱詞有很濃的季節感。為甚麼叫「掛大扁兒」呢？我怪喜歡「掛大扁兒」這個名字。

我們那裏只是簡單地叫牠螞蚱。一說螞蚱，就知道是指尖頭綠螞蚱。螞蚱頭尖，徐文長曾覺得牠的頭可以蘸了墨寫字畫畫，可謂異想天開。

尖頭螞蚱是國畫家很喜歡畫的，畫草蟲的很少沒有畫過螞蚱。齊白石、王雪濤都畫過。我小時也畫過不少張，只為牠的形態很好掌握，很好畫，——畫紡織娘，畫蟈蟈，就比較費事。我大了以後，就沒有畫過螞蚱，前年給一個年輕的牙科醫生畫了一套冊頁，有一開裏畫了一隻螞蚱。

螞蚱飛起來會格格作響，不知道牠是怎麼弄出這種聲音的。螞蚱有鞘翅，鞘翅裏有膜翅。膜翅是淡淡的桃紅色的，很好看。

我們那裏還有一種「土螞蚱」，身體粗短，方頭，色黑如泥土，翅上有黑斑，這種螞蚱，捉住牠，牠就吐出一泡褐色的口水，很討厭。

天津人所說的「螞蚱」，實是蝗蟲。天津的「烙餅捲螞蚱」，捲的是焙乾了的蝗蟲肚子，河北省人嘲笑農民談吐不文雅，說是「螞蚱打噴嚏 —— 滿嘴的莊稼氣」，說的也是蝗蟲。螞蚱還會打噴嚏？這真是「遭改」莊稼人！

小蝗蟲名蝻。有一年，我的家鄉鬧蝗蟲，當時，大街上一街蝗蝻亂蹦，看着真是不祥。

花大姐

瓢蟲款款地落下來了，摺好牠的黑綢襯裙 —— 膜翅，順順溜溜：收攏硬翅，嚴絲合縫。瓢蟲是做得最精緻的昆蟲。

「做」的？誰做的？

上帝。

上帝？

上帝做了一些小玩意兒，給他的小外孫女兒玩。

上帝的外孫女兒？

對。上帝說：「給你！好看嗎？」

「好看！」

上帝的外孫女兒？

對！

瓢蟲是昆蟲裏面最漂亮的。

北京人叫瓢蟲為「花大姐」，好名字！

瓢蟲，朱紅的，瓷漆似的硬翅，上有黑色的小圓點。圓點是有定數的，不能瞎點。黑色，叫做「星」。有七星瓢蟲、十四星瓢蟲⋯⋯星點不同，瓢蟲就分為兩大類。一類是吃蚜蟲的，是益蟲；一類是吃馬鈴薯的嫩葉的，是害蟲。我說吃馬鈴薯嫩葉的瓢蟲，你們就不能改改口味，也吃蚜蟲嗎？

獨角牛

吃晚飯的時候，嗚 —— 撲！飛來一隻獨角牛，摔在燈下。牠摔得很重，摔暈了。輕輕一捏，就捏住了。

獨角牛是硬甲殼蟲，在甲蟲裏可能是最大的，從頭到腳，約有二寸。甲殼鐵黑色，很硬，頭部尖端有一隻犀牛一樣的角。這傢伙，是昆蟲裏的霸王。

獨角牛的力氣很大。北京隆福寺過去有獨角牛賣。給牠套上一輛泥製的小車，牠就拉着走。北京管這個大力士好像也叫做獨角牛。學名叫甚麼，不知道。

磕頭蟲

我抓到一隻磕頭蟲，北京也有磕頭蟲？我覺得很驚奇。我拿給我的孩子看，以為他們不認識。

「磕頭蟲，我們小時候玩過。」

哦！

磕頭蟲的脖子不知道怎麼有那麼大的勁，把牠的肩背按在桌面上，牠就吧嗒吧嗒地不停地磕頭。把牠仰面朝天放着，牠運一會兒氣，脖子一挺，就反彈得老高，空中轉體，正面落地。

蠅虎

蠅虎，我們那裏叫做蒼蠅虎子，形狀略似蜘蛛而長，短腳，灰黑色，有細毛，趴在磚牆上，不注意是看不出來的。蠅虎的動作很快，蒼蠅落在地面前，還沒有站穩，已經被牠捕獲，來不及嚶地叫一聲，就進了蒼蠅虎子的口了。蠅虎的食量驚人，一隻蒼蠅，眨眼之間就吃得只剩一張空皮了。

蒼蠅是很討厭的東西，因此人對蠅虎有好感，不傷害牠。

捉一隻大金蒼蠅餵蒼蠅虎子，看着牠吃下去，是很解氣的。蒼蠅虎子對送到地面前的蒼蠅從來不拒絕。蒼蠅虎子不怕人。

狗蠅

世界上最討厭的東西是狗蠅。狗蠅鑽在狗毛裏叮狗，叮得狗又疼又癢，煩躁不堪，發瘋似地亂蹦，亂轉，亂罵人，——叫。

一九九三年二月二日

胡同文化
—— 攝影藝術集《胡同之沒》序

　　《胡同文化》是汪曾祺先生為攝影藝術集《胡同之沒》作的序，寫於 1993 年 3 月 15 日。

　　北京城方方正正，胡同大街，正東正西，正南正北，一目了然。胡同各有名字，各有來歷。胡同連接着四合院，穿過胡同走進四合院，居住形態決定文化形態，北京城的胡同造就了一種獨特的「胡同文化」。

　　「胡同文化是一種封閉的文化」，所以房子破得不像樣了，也不挪窩兒。四合院的彼此相連的構造，也讓北京人講究「處街坊」，婚喪嫁娶「隨」個「份子」，但是日常生活裏也僅限於下棋、喝酒、會鳥等一般性的往來，最終各回各家，各管各事。

　　「胡同文化的精義是『忍』。」北京人易於滿足，對物質生活要求極低，窩頭、醃蘿蔔，臭豆腐上滴幾滴香油，就很好了。「窮忍着，富耐着，睡不着瞇着」，這是最典型的北京市民的內心狀態。

　　汪曾祺先生對胡同文化是持有批判態度的，但是他對平民生活與風情習俗，又抱有認同和理解的心態。隨着胡同的消失，和胡同聯繫在一起的胡同文化也不見了。汪曾祺先生傷感與悵望的不是胡同本身，而是那些「安分守己，逆來順受」的胡同人和胡同文化的消逝。

　　北京城像一塊大豆腐，四方四正。城裏有大街，有胡同。大街、胡同都是正南正北，正東正西。北京人的方位意識極強。過去拉洋車的，逢轉彎處都高叫一聲「東去！」「西去！」以防碰着行人。老兩口睡覺，老太太嫌老頭子擠着她了，說「你往南邊去一點」。這是外地少有的。街道如是斜的，就特別標明是斜街，如煙袋斜街、楊梅竹斜街。大街、胡同，把北京切成一個又一個方塊。這種方正不但影響了北京人的生活，也影響了北京人的思想。

　　胡同原是蒙古語，據說原意是水井，未知確否。胡同的取名，有各種來源。有的是計數的，如東單三條、東四十條。有的原是皇家儲存物件的地方，如皮庫胡同、惜薪司胡同（存放柴炭的地方）。有的是這條胡同裏曾住過一個有名的人物，如無量大人胡同、石老娘（老娘是接生婆）胡同。大雅寶胡同原名大啞巴胡同，大概胡同裏曾住過一個啞巴。王皮胡同是因為有一個姓王的皮匠。王廣福胡同原名王寡婦胡同。有的是某種行業集中的地方。手帕胡同大概是賣手帕的。羊肉胡同當初想必是賣羊肉的。有的胡同是像其形狀的。高義伯胡同原名狗尾巴胡同。小羊宜賓胡同原名羊尾巴胡同。大概是因為這兩條胡同的樣子有點像狗尾巴、羊尾巴。有些胡同則不知道何所取義，如大綠紗帽胡同。

　　胡同有的很寬闊，如東總布胡同、鐵獅子胡同。這些胡同兩邊大都是「宅門」，到現在房屋都還挺整齊。有些胡同很小，如耳朵眼胡同。北京到底有多少胡同？北京人說：有名的胡同三千六，沒名的胡同數不清。通常提起「胡同」，多指的是小胡同。

胡同是貫通大街的網絡。它距離鬧市很近，打個醬油，約二斤雞蛋甚麼的，很方便，但又似很遠。這裏沒有車水馬龍，總是安安靜靜的。偶爾有剃頭挑子的「喚頭」（像一個大鑷子，用鐵棒從當中擦過，便發出「嗡」的一聲）、磨剪子磨刀的「驚閨」（十幾個鐵片穿成一串，搖動作聲）、算命的盲人（現在早沒有了）吹的短笛的聲音。這些聲音不但不顯得喧鬧，倒顯得胡同裏更加安靜了。

　　胡同和四合院是一體，胡同兩邊是若干四合院連接起來的。胡同、四合院，是北京市民的居住方式，也是北京市民的文化形態。我們通常説北京的市民文化，就是指的胡同文化。胡同文化是北京文化的重要組成部分，即使不是最主要的部分。

　　胡同文化是一種封閉的文化。住在胡同裏的居民大都安土重遷，不大願意搬家。有在一個胡同裏一住住幾十年的，甚至有住了幾輩子的。胡同裏的房屋大都很舊了，「地根兒」房子就不太好，舊房檁，斷磚牆。下雨天常是外面大下，屋裏小下。一到下大雨，總可以聽到房塌的聲音，那是胡同裏的房子。但是他們捨不得「挪窩兒」──「破家值萬貫」。

　　四合院是一個盒子。北京人理想的住家是「獨門獨院」。北京人也很講究「處街坊」，「遠親不如近鄰」。「街坊里道」的，誰家有點事，婚喪嫁娶，都得「隨」一點「份子」，道個喜或道個惱，不這樣就不合「禮數」。但是平常日子，過往不多，除了有的街坊是棋友，「殺」一盤；有的是酒友，到「大酒缸」（過去山西人開的酒鋪，都沒有桌子，在酒缸上放一塊規成圓形的厚板以代酒桌）喝兩「個」

（大酒缸二兩一杯，叫做「一個」）；或是鳥友，不約而同，各晃着鳥籠，到天壇城根、玉淵潭去「會鳥」（會鳥是把鳥籠掛在一處，既可讓鳥互相學叫，也互相比賽），此外，「各人自掃門前雪，休管他人瓦上霜」。

北京人易於滿足，他們對生活的物質要求不高。有窩頭，就知足了。大醃蘿蔔，就不錯。小醬蘿蔔，那還有甚麼說的。臭豆腐滴幾滴香油，可以待姑奶奶。蝦米皮熬白菜，嘿！我認識一個在國子監當過差，伺候過陸潤庠、王垿等祭酒的老人，他説：「哪兒也比不了北京，北京的熬白菜也比別處好吃 —— 五味神在北京。」五味神是甚麼神？我至今考察不出來。但是北京人的大白菜文化卻是可以理解的。北京人每個人一輩子吃的大白菜摞起來大概有北海白塔那麼高。

北京人愛瞧熱鬧，但是不愛管閒事。他們總是置身事外，冷眼旁觀。北京是民主運動的策源地，「民國」以來，常有學生運動。北京人管學生運動叫做「鬧學生」。學生示威遊行，叫做「過學生」。與他們無關。

北京胡同文化的精義是「忍」。安分守己，逆來順受。老舍《茶館》裏的王利發説：「我當了一輩子的順民。」是大部分北京市民的心態。

我的小説《八月驕陽》裏寫到「文化大革命」，有這樣一段對話：

「還有個章法沒有？我可是當了一輩子安善良民，從來奉公守法。這會兒，全亂了。我這眼面前就跟『下黃土』似的，簡直的，分不清東西南北了。」

「您多餘操這份兒心。糧店還賣不賣棒子麪？」

「賣！」

「還是的。有棒子麪就行。……」

　　我們樓裏有個小伙子，為一點兒事，打了開電梯的小姑娘一個嘴巴。我們都很生氣，怎麼可以打一個女孩子呢！我跟兩個上了歲數的老北京（他們是「搬遷戶」，原來是住在胡同裏的）說，大家應該主持正義，讓小伙子當眾向小姑娘認錯。這二位同聲說：「叫他認錯？門兒也沒有！忍着吧！——『窮忍着，富耐着，睡不着瞇着』！」「睡不着瞇着」這話實在太精彩了！睡不着，別煩躁，別起急，瞇着！北京人，真有你的！

　　北京的胡同在衰敗、沒落。除了少數「宅門」還在那裏挺着，大部分民居的房屋都已經很殘破，有的地基柱礎甚至已經下沉，只有多半截還露在地面上。有些四合院門外還保存着已失原形的拴馬樁、上馬石，記錄着失去的榮華。有打不上水來的井眼、磨圓了棱角的石頭棋盤，供人憑弔。西風殘照，衰草離披，滿目荒涼，毫無生氣。

　　看看這些胡同的照片，不禁使人產生懷舊情緒，甚至有些傷感。但是這是無可奈何的事。在商品經濟大潮的席捲之下，胡同和胡同文化總有一天會消失的。也許像西安的蝦蟆陵、南京的烏衣巷，還會保留一兩個名目，使人悵惘低徊。

　　再見吧，胡同。

一九九三年三月十五日

晚 年

導讀

　　《晚年》載於 1993 年《美文》創刊號，寫三位老人的日常生活。汪曾祺先生和他們同住一座樓，能夠近距離地觀察他們，並在文字中盡情地描寫他們。

　　副食店的牆根像一座舞台，每日裏，三個人都差不多同時上場，中午回家吃飯去，下午兩點來鐘，又紛紛在場上出現。但是「彼此都不説話」，默片一般。汪曾祺先生猜測，「大概人總得有個伴，即使一句話也不説」。

　　三位老人，老佟、老辛和老許。老佟「眼色總是平靜的」，老辛「神情很怪」，老許「兩手戴了幾個戒指，一看就是黃銅的，然而他告訴人是金的」。歲月的沉澱，每個人背後都能挖出層出不窮的故事，汪曾祺先生看着他們，看到多少，記下多少，並不打擾他們，讓他們自然而然地呈現在讀者面前，而不是故弄玄虛。正如沈從文先生所言：「我看一切，卻並不把社會價值攪加進去，估定我的愛憎。」

　　汪曾祺先生像他們的家人一樣，記錄着他們生活中的大事：老辛得過一次小中風，老佟摔了一跤；也關注着他們的將來：老許看樣子還能活不少年。這就是沈從文先生説的「要貼到人物上寫」的意思吧。

　　我們樓下隨時有三個人坐着。他們都是住在這座樓裏的。每天一早，吃罷早飯，他們各人提了馬扎，來了。他們並沒有約好，但是時間都差不多，前後差不了幾分鐘。他們在副食店牆根下坐下，挨得很近。坐到快中午了，回家吃飯。下午兩點來鐘，又來坐着，一直坐到副食店關門了，回家吃晚飯。只要不是颳大風，下雨，下雪，他們都在這裏坐着。

　　一個是老佟。和我住一層樓，是近鄰。有時在電梯口見着，也寒暄兩句：「吃啦？」「上街買菜？」解放前他在國民黨一個甚麼機關當過小職員，解放後拉過幾年排子車，早退休了。現在過得還可以。一個孫女已經讀大學三年級了。他八十三歲了。他的相貌舉止沒有甚麼特別的地方。腦袋很圓，面色微黑，有幾塊很大的老人斑。眼色總是平靜的。他除了坐着，有時也遛個小彎，提着他的馬扎，一步一步，走得很慢。

　　一個是老辛。老辛的樣子有點奇特。塊頭很大，肩背又寬又厚，身體結實如牛。臉色紫紅紫紅的。他的眉毛很濃，不是兩道，而是兩叢。他的頭髮、鬍子都長得很快。剛剃了頭沒幾天，就又是一頭烏黑的頭髮，滿腮烏黑的短鬍子。好像他的眉毛也在不斷往外長。他的眼珠子是烏黑的。他的神情很怪。坐得很直，腦袋稍向後仰，蹙着濃眉，雙眼直視路上行人，嘴脣嗫着，好像在往裏用力地吸氣。好像憤憤不平，又像藐視眾生，看不慣一切，心裏在想：你們是甚麼東西！我問過同樓住的街坊：他怎麼總是這樣的神情？街坊說：他就是這個樣子！後來我聽說他原來是一個機關食堂

煮豬頭肉、豬蹄、豬下水的。那麼他是不會怒視這個世界，蔑視誰的。他就是這個樣子。他怎麼會是這個樣子呢？他腦子裏在想甚麼？還是甚麼都不想？他歲數不大，六十剛剛出頭，退休還不到兩年。

　　一個是老許。他最大，八十七了。他面色蒼黑，有幾顆麻子，看不出有八十七了 —— 看不出有多大年齡。這老頭怪有意思。他有兩串數珠，—— 說「數珠」不大對，因為他並不信佛，也不「掐」它。一串是核桃的，一串是山桃核的。有時他把兩串都帶下來，繞在腕子上。有時只帶一串山桃核的，因為核桃的太大，也沉。山桃核有年頭了，已經叫他的腕子磨得很光潤。他不時將他的數珠改裝一次，拆散了，加幾個原來是釘在小孩子帽子上的小銀鈴鐺之類的東西，再穿好。有一次是加了十個算盤珠。過路人有的停下來看看他的數珠，他就把袖子向上提提，叫數珠露出更多。他兩手戴了幾個戒指，一看就是黃銅的，然而他告訴人是金的。他用一個鑰匙鏈，一頭拴在紐扣上，一頭拖出來。塞在左邊的上衣口袋裏，就像早年間戴懷錶一樣。他自己感覺，這就是懷錶。他在上衣口袋裏插着兩枝塑料圓珠筆的空殼 —— 是他的孫女用剩下的，一枝白色的，一枝粉紅的。我問老佟：「他怎麼愛搞這些？」老佟說：「弄好些零碎！」他年輕時「跑」過「腿」，做過買賣。我很想跟他聊聊。問他話，他只是衝我笑笑。老佟說：「他是個聾子。」

　　這三個在一處一坐坐半天，彼此都不說話。既然不說話，為甚麼坐得挨得這樣近呢？大概人總得有個伴，即使一句話也不說。

名家散文必讀系列・汪曾祺

　　老辛得過一次小中風，（他這樣結實的身體怎麼會中風呢？）但是沒多少時候就好了。現在走起路來腳步還有一點沉。不過他原來腳步就很重。

　　老佟摔了一跤，骨折了，在家裏躺着，起不來。因此在樓下坐着的，暫時只有兩個人，不過老佟的骨折會好的，我想。

　　老許看樣子還能活不少年。

栗 子

　　一種簡單的食物，既可以勾勒出我們的生活路線，又可以連綴我們遇到的人與事，還可以讓我們的平淡無奇的日子鮮活起來，這便是汪曾祺先生筆下的栗子。《栗子》刊載於 1993 年第 8 期《家庭》。

　　以栗子為線索，汪曾祺先生一生待過的很多重要地方都帶出來了。家鄉的冬天裏，用銅火盆的炭火烤栗子，「砰的一聲，蹦出一個裂了殼的熟栗子」；昆明呢，大鍋支在店鋪門外，「用大如玉米豆的粗砂炒，不時往鍋裏倒一碗糖水」；北京的糖炒栗子不放糖，良鄉的栗子「殼薄，炒熟後個個裂開，輕輕一捏，殼就破了」；河北的山區缺糧食，鄉民們以栗子代糧。

　　栗子亦可懷人：汪曾祺回憶起父親用白糖煨栗子，「加桂花，甚美」；廣交會結識的日本商人開炒栗子店發了財，每年來中國買栗子。

　　眼前的栗子，還勾連出民俗中的記載。《紅樓夢》裏怡紅院簷下掛着一籃「風栗子」；西方有「火中取栗」的寓言；宋代筆記中就有糖炒栗子的記載了。

　　汪曾祺描述的栗子，是有出處的栗子，各處有各的味道；是和人緊密相連的栗子，各懷各的情感；是傳遞文化的栗子，各有各的說法。

　　栗子的形狀很奇怪，像一個小刺蝟。栗有「斗」，斗外長了長長的硬刺，很扎手。栗子在斗裏圍着長了一圈，一顆一顆緊挨着，很團結。當中有一顆是扁的，叫做臍栗。臍栗的味道和其他栗子沒有甚麼兩樣。堅果的外面大都有保護層，松子有鱗瓣，核桃、白果都有苦澀的外皮，這大概都是為了對付松鼠而長出來的。

　　新摘的生栗子很好吃，脆嫩，只是栗殼很不好剝，裏面的內皮尤其不好去。

　　把栗子放在竹籃裏，掛在通風的地方吹幾天，就成了「風栗子」。風栗子肉微有皺紋，微軟，吃起來更為細膩有韌性。不像吃生栗子會弄得滿嘴都是碎粒，而且更甜。賈寶玉為一件事生了氣，襲人給他打岔，說：「我想吃風栗子了。你給我取去。」怡紅院的簷下是掛了一籃風栗子的。風栗子入《紅樓夢》，身價就高起來，雅了。這栗子是甚麼來頭，是賈蓉送來的？劉姥姥送來的？還是寶玉自己在外面買的？不知道，書中並未交待。

　　栗子熟食的較多。我的家鄉原來沒有炒栗子，只是放在火裏烤。冬天，生一個銅火盆，丟幾個栗子在通紅的炭火裏，一會兒，砰的一聲，蹦出一個裂了殼的熟栗子，抓起來，在手裏來回倒，連連吹氣使冷，剝殼入口，香甜無比，是雪天的樂事。不過烤栗子要小心，弄不好會炸傷眼睛。烤栗子外國也有，西方有「火中取栗」的寓言，這栗子大概是烤的。

　　北京的糖炒栗子，過去講究栗子是要良鄉出產的。良鄉栗子比較小，殼薄，炒熟後個個裂開，輕輕一捏，殼就

破了，內皮一搓就掉，不「護皮」。據説良鄉栗子原是進貢的，是西太后吃的（北方許多好吃的東西都説是給西太后進過貢）。

北京的糖炒栗子其實是不放糖的，昆明的糖炒栗子真的放糖。昆明栗子大，炒栗子的大鍋都支在店鋪門外，用大如玉米豆的粗砂炒，不時往鍋裏倒一碗糖水。昆明炒栗子的外殼是粘的，吃完了手上都是糖汁，必須洗手。栗肉為糖汁沁透，很甜。

炒栗子宋朝就有。筆記裏提到的「爊栗」，我想就是炒栗子。汴京有個叫李和兒的，爊栗有名。南宋時有一使臣（偶忘其名姓）出使，有人遮道獻爊栗一囊，即汴京李和兒也。一囊爊栗，寄託了故國之思，也很感人。

日本人愛吃栗子，但原來日本沒有中國的炒栗子。有一年我在廣交會的座談會上認識一個日本商人，他是來買栗子的（每年都來買）。他在天津曾開過一家炒栗子的店，回國後還賣炒栗子，而且把他在天津開的炒栗子店鋪的招牌也帶到日本去，一直在東京的炒栗子店裏掛着。他現在發了財，很感謝中國的炒栗子。

北京的小酒鋪過去賣煮栗子。栗子用刀切破小口，加水，入花椒大料煮透，是極好的下酒物。現在不見有賣的了。

栗子可以做菜。栗子雞是名菜，也很好做，雞切塊，栗子去皮殼，加葱、薑、醬油，加水淹沒雞塊，雞塊熟後，下綿白糖，小火燜二十分鐘即得。雞須是當年小公雞，栗須完整不碎。羅漢齋亦可加栗子。

　　我父親曾用白糖煨栗子，加桂花，甚美。

　　北京東安市場原來有一家賣西式蛋糕、冰點心的鋪子賣奶油栗子粉。栗子粉上澆稀奶油，吃起來很過癮。當然，價錢是很貴的。這家鋪子現在沒有了。

　　羊羹的主料是栗子麵。「羊羹」是日本話，其實只是潮濕的栗子麵壓成長方形的糕，與羊毫無關係。

　　河北的山區缺糧食，山裏多栗樹，鄉民以栗子代糧。栗子當零食吃是很好吃的，但當糧食吃恐怕胃裏不大好受。

長 城 漫 憶

◖ **導讀**

　　1958 年，汪曾祺先生被錯劃為「右派」，下放張家口沙嶺子勞動，出了長城，來到塞外。《長城漫憶》寫於 1994 年 4 月 21日，載於 1995 年第 1 期《長城》，所憶的便是當時當地的情形，可以稱為塞外地理人文小品。

　　文章憶及長城外的氣候，包括它的氣溫與風。關外比關裏溫度低，零下三十九度就是奇寒了，再降下去就有要凍死人了。風很大，石雞子「被狂風颳得暈頭轉向」，撞死在水泥電線杆上。也下雹子，「雹子雲黑壓壓齊齊地來了」，把已經熟透的葡萄「打得稀爛」。文章還憶及塞外的農作物、牲畜、飲食、水果等，層層疊疊鋪排了一整幅塞外民俗風情畫卷。

　　從塞外惡劣的氣候條件，可知當時下放的艱辛，但是汪曾祺先生卻沒有苦澀的表達。這和他隨遇而安的個人氣質有關，他說自己「沒有那麼多失望感、孤獨感、荒謬感、絕望感」，並始終認為，「生活，是很好玩的」。儘管當時與寫作隔絕，還是「可以比較貼近地觀察生活，又從一個較遠的距離外思索生活」。《長城漫憶》便是其中一例。

　　我的家鄉是蘇北，和長城距離很遠，但是我小時候即對長城很有感情，這主要是因為常唱李叔同填詞的那首歌：

　　長城外，
　　古道邊，
　　芳草碧連天。
　　晚風拂柳笛聲殘，
　　夕陽山外山……

　　長城給我一個很悲涼的印象。

　　到北京後曾參觀了八達嶺長城。這一段長城是新修過的，磚石過於整齊，使我覺得是一個假古董。長城變成了遊覽區，非復本來面目。

　　一九五八年我被錯劃成右派，下放張家口沙嶺子勞動，這可真是出了長城了。

　　張家口一帶農民把長城叫做「邊牆」。我很喜歡這兩個字。「邊牆」者，防邊之牆也。

　　長城內外各種方面是有區別的，但也不是那樣截然不同。

　　長城外的平均氣溫比關裏要低幾度。我們冬天在沙嶺子野外勞動，那天降溫到零下三十九度，生產隊長敲鐘叫大家趕快回去，再降下去要凍死人的。零下三十九度在壩上不算甚麼，但在邊牆附近可就是奇寒了。長城外晝夜溫差大，當地人說：「早穿皮襖午穿紗，抱着火爐吃西瓜。」這本是

西北很多地方都有的俗諺，但是張家口人以為只有他們才是這樣。

再就是風大。有一天颳了一夜大風，山呼海嘯。第二天一早我們到果園去勞動，在地下撿了二三十隻石雞子。這些石雞子是在水泥電線桿上撞死的。牠們被狂風颳得暈頭轉向、亂撲亂撞，想必以為落到電線桿上就可以安全了。這一帶還愛下雹子。「蛋打一條線」（張家口一帶把雹子叫做「冷蛋」），遠遠看見雹子雲黑壓壓齊齊地來了，不到一會兒：砰裏叭啦，劈裏卜碌！有一場雹子，把我們的已經熟透的葡萄打得稀爛。一年的辛苦，全部泡湯（真是泡了湯）！沽源有一天下了一個雹子，有馬大！

塞外無霜期短，但關裏的農作物這裏大都也能生長：稻粱菽麥黍稷。因為雨少，種麥多為「乾寄子」，即把麥種先期下到地裏等雨——「寄」字甚妙。為了爭季節，有些地方種春小麥。春小麥可不好吃，蒸出饅頭來發黏。壩下種莜麥的地方不多，壩上則主要的作物是莜麥。壩上土層薄，地塊大，廣種薄收。無水利灌溉，靠天收。如果一年有一點雨，打的莜麥可供河北省吃一年，故有人稱壩上是「中國的烏克蘭」。壩上的地塊有多大？說是有一個農民牽了一頭牛去耕地，耕了一趟，回來時母牛帶回一個小牛犢子，已經三歲了！

馬牛羊雞犬豕都有。壩上有的地方是半農半牧區。張北的張北馬、短角牛都是有名的。長城外各村都養羊。一是為了吃肉，二是要羊皮。塞外人沒有一件白茬老羊皮襖是過不了冬的。狗皮主要是為了做帽子。沒有狐狸皮帽子的，戴了

狗皮遮耳大三塊瓦皮帽，也能頂得住無情的狂風。

塞外人的飲食結構和關裏不同的是愛吃糕，吃蓧麵。「糕」是黃米麵拍成燒餅大小的餅子，在塗了胡麻油的鐺上烙熟。口外認為這是食物中的上品，經餓，「三十里的蓧麵四十里的糕，二十里的白麵餓斷腰」。過去地主請工鋤地，必要吃糕：「鋤地不吃糕，鋤了大大留小小！」張家口一帶人吃蓧麵和山西雁北不同。雁北吃蓧麵只是蘸酸菜湯，加一點涼菜，張家口人則是蘸熱的菜湯吃。鍋裏下一點油，把菜——山藥（土豆）、西葫蘆、疙瘩白（圓白菜）切成塊，嘩啦一聲倒在油鍋裏，這叫「下搭油」，蓋蓋兒悶熟後，再在菜面上澆一點油，叫做「上搭油」。這一帶人做菜用油很省。有農民見一個下放幹部炒菜，往鍋裏倒了半碗油，說：「你用這麼多的油，炒石子兒也是好吃的！」在燴菜裏放幾塊羊肉，那就是過年了！

他們也知道吃野味。「天鵝、地鵲、鴿子肉、黃鼠」，這是人間美味。石雞子、伯勞，是很容易捉到手，但是，雖然他們也說：「寧吃飛禽四兩，不吃走獸半斤」，他們對石雞子之類的興趣其實並不是很大，遠不如來一碗口蘑燉羊肉「解恨」。

長城內外不缺水果。杏樹很多，果大而味濃。宣化葡萄，歷史最久，味道最佳。

長城對我們這個民族到底起了甚麼作用？說法不一。有人說這是邊防的屏障，對於抵禦北方民族入侵，在當時是必不可少的。這使得中國完成統一，對民族心理凝聚力的形成，是有很大影響的。也有人說這使得我們的民族形成一種

盲目的自大心理，造成文化的封閉乃至停滯，對中國的發展起了阻礙作用。我對這樣深奧的問題沒有研究過，沒有發言權，但是我覺得它是偉大的。

一個美國的航天飛機的飛行員（忘其名）說過：在月球能看見的地球上的事物是中國的萬里長城。那麼長城是了不起的。

「文化大革命」後期，有一個中學的語文教員領着一班初一的學生去遊長城，回來讓學生都寫一篇遊記，一個學生只寫了一句：

　　長城啊，
　　真他媽的長！

一九九四年四月二十一日

下大雨

這是一篇小文，描述了下大雨的情境。文章載於 1998 年第
1 期《收穫》，發表時，作者已於前一年去世了。

在這裏，汪曾祺先生像一個天真的孩子，在下大雨的時候，
饒有興趣地看雨和聽雨，體會自然的美妙。雨下得很大，「起了
煙」，又「砸出」「一個一個丁字泡」，他「兩手捂着耳朵，又放
開，聽雨聲」。我們或許都這樣做過，但沒有寫下來，汪曾祺先生
把我們帶回了童年，還有童年時的好奇和活潑。

他關注着雨中的植物和昆蟲：荷花缸裏的荷葉怎樣了？紫薇
花上採蜜的大黑蜂在做甚麼？麻雀呢？蜻蜓呢？在雨裏，他還看
到了自己養的小烏龜，牠不見了，這時候又出現了。他描寫牠的
情態，「昂起腦袋看雨，慢慢地爬到天井的水裏」。汪曾祺先生是
一個詩意的觀察者，飽含深情看待雨中的一切。

汪曾祺曾說：「我希望我的作品能有益於世道人心，我希望使
人的感情得到滋潤，讓人覺得生活是美好的，人，是美的，有詩
意的。你很辛苦，很累了，那麼坐下來歇一會，喝一杯不涼不燙
的清茶，──讀一點我的作品。」

雨真大。下得屋頂上起了煙。大雨點落在天井的積水裏砸出一個一個丁字泡。我用兩手捂着耳朵，又放開，聽雨聲：嗚——哇；嗚——哇。下大雨，我常這樣聽雨玩。

雨打得荷花缸裏的荷葉東倒西歪。

在紫薇花上採蜜的大黑蜂鑽進了牠的家。牠的家是在椽子上用嘴咬出來的圓洞，很深。大黑蜂是一個「人」過的。

紫薇花濕透了，然而並不被雨打得七零八落。

麻雀躲在簷下，歪着小腦袋。

蜻蜓倒吊在樹葉的背面。

哈，你還在呀！一隻烏龜。這隻烏龜是我養的。我在龜甲邊上鑽了一個洞，用麻繩繫住了牠，拴在櫃櫥腳上。有一天，不見了。牠不知怎麼跑出去了。原來牠藏在老牆下面一塊斷磚的洞裏。下大雨，牠出來了。牠昂起腦袋看雨，慢慢地爬到天井的水裏。

豆汁兒

導讀

　　文章起始就製造了一種懸念，以吸引讀者的注意：「沒有喝過豆汁兒，不算到過北京。」緊接着是作家老同學的再次渲染：「你敢不敢喝豆汁兒？」「喝不了，就別喝。」烘雲托月的文學手法，激起了讀者強烈的好奇心，也禁不住要像作家最初那樣疑問：豆汁兒是何物？「有甚麼不『敢』？」

　　接下來，謎底揭開了一半，「豆汁兒是製造綠豆粉絲的下腳料。很便宜。」但豆汁兒的滋味究竟如何，以至於有人「不敢」呢？於是好奇的讀者只得被作家牽着鼻子走，欲罷不能。然而作家又開始「王顧左右而言他」，賣生豆汁兒的如何、《豆汁記》如何、賣熟豆汁兒的如何、豆汁兒攤上的鹹菜如何、常喝豆汁兒又如何如何，不厭其煩，真是「千呼萬喚始出來，猶抱琵琶半遮面」，讓人等得好不心焦！作家把「欲擒故縱」的筆法發揮到了極致。謎底最終揭曉：「豆汁兒是甚麼味兒？這可真沒法說。這東西是綠豆發了酵的，有股子酸味。不愛喝的說是像泔水，酸臭。愛喝的說：別的東西不能有這個味兒 —— 酸香。」

　　汪曾祺寫過許多關於飲食的文章，往往並不僅僅寫飲食而已。猶如他寫草木、昆蟲，飲食有時也不過是一個寄託。就像莊子的「寓言」，言在此而意在彼。但是這言外之「意」，卻是要人

們去細細品味的。豆汁兒實在是窮人喝的，這「酸臭」、「酸香」
之辨，就包含着一種生活的觀念和態度。

沒有喝過豆汁兒，不算到過北京。

小時看京劇《豆汁記》（即《鴻鸞禧》，又名《金玉奴》，一名《棒打薄情郎》），不知「豆汁」為何物，以為即是豆腐漿。

到了北京，北京的老同學請我吃了烤鴨、烤肉、涮羊肉，問我：「你敢不敢喝豆汁兒？」我是個「有毛的不吃撣子，有腿的不吃板凳，大葷不吃死人，小葷不吃蒼蠅」的，喝豆汁兒，有甚麼不「敢」？他帶我去到一家小吃店，要了兩碗，警告我說：「喝不了，就別喝。有很多人喝了一口就吐了。」我端起碗來，幾口就喝完了。我那同學問：「怎麼樣？」我說：「再來一碗。」

豆汁兒是製造綠豆粉絲的下腳料。很便宜。過去賣生豆汁兒的，用小車推一個有蓋的木桶，串背街、胡同。不用「喚頭」（招徠顧客的響器），也不吆喚。因為每天串到哪裏，大都有準時候。到時候，就有女人提了一個甚麼容器出來買。有了豆汁兒，這天吃窩頭就可以不用熬稀粥了。這是貧民食物。《豆汁記》的金玉奴的父親金松是「桿兒上的」（叫花頭），所以家裏有吃剩的豆汁兒，可以給莫稽盛一碗。

賣熟豆汁兒的，在街邊支一個攤子。一口銅鍋，鍋裏一鍋豆汁，用小火熬着。熬豆汁兒只能用小火，火大了，豆汁兒一翻大泡，就「懈」了。豆汁兒攤上備有辣鹹菜絲——水疙瘩切細絲澆辣椒油、燒餅、焦圈——類似油條，但做成圓圈，焦脆。賣力氣的，走到攤邊坐下，要幾套燒餅焦圈，來兩碗豆汁兒，就一點辣鹹菜，就是一頓飯。

豆汁兒攤上的鹹菜是不算錢的。有保定老鄉坐下，掏

出兩個饅頭，問「豆汁兒多少錢一碗」，賣豆汁兒的告訴他，「鹹菜呢？」──「鹹菜不要錢。」──「那給我來一碟鹹菜。」

　　常喝豆汁兒，會上癮。北京的窮人喝豆汁兒，有的闊人家也愛喝。梅蘭芳家有一個時候，每天下午到外面端一鍋豆汁兒，全家大小，一人喝一碗。豆汁兒是甚麼味兒？這可真沒法說。這東西是綠豆發了酵的，有股子酸味。不愛喝的說是像泔水，酸臭。愛喝的說：別的東西不能有這個味兒──酸香！這就跟臭豆腐和啟司一樣，有人愛，有人不愛。

　　豆汁兒沉底，乾糊糊的，是麻豆腐。羊尾巴油炒麻豆腐，加幾個青豆嘴兒（剛出芽的青豆），極香。這家這天炒麻豆腐，煮飯時得多量一碗米，──每人的胃口都開了。

八月十六日

果園雜記

　　這篇散文沒有標明寫作時間，根據其中所描述的事情推測，應該是汪曾祺當時在張家口沙嶺子農業科學研究所勞動時的一些情景，當發生在 1959 年秋到 1961 年冬之間；從行文中所透露的時間狀態來看，如「後來我到果園幹了兩年活」，再如「去年，有一個朋友到法國去」，這顯然不是當時的隨記，而是日後的回憶。

　　汪曾祺先生分了三個小標題來寫果園裏的事兒，它們是《塗白》、《粉蝶》、《波爾多液》，平淡中見生動，敘事中加點染：解困惑、憶舊夢、聊掌故，將果園中硬邦邦的科學知識描摹得充滿了人世的溫情與靈動。說塗白後的樹木是「穿了各種顏色的棉衣」的男女；說用 DDT 噴殺菜青蟲，「是很殘忍的」；說波爾多液是天藍色的，「噴了一夏天的波爾多液，我的所有的襯衫都變成淺藍色的了」。

　　只有在當時扎扎實實地生活着的人，回憶起來才會如此真切，有質感。實際上，在果園工作的兩年，是汪曾祺先生作為「右派分子」勞動改造的兩年，身心的磨難可想而知，然而時過境遷，經由時間的沉澱、歲月的萃取，汪曾祺先生對往昔卻投以寬和的目光，清風淡雲一般，正如沈從文先生所言：「最可愛還是態度，『寵辱不驚』！」（1962 年 10 月沈從文致程流金的信）

塗白

一個孩子問我：幹嗎把樹塗白了？

我從前也非常反對把樹塗白了，以為很難看。

後來我到果園幹了兩年活，知道這是為了保護樹木過冬。

把牛油、石灰在一個大鐵鍋裏熬得稠稠的，這就是塗白劑。我們拿了棕刷，擔了一桶一桶的塗白劑，給果樹塗白。要塗得很仔細，特別是樹皮有傷損的地方、坑坑窪窪的地方，要塗到，而且要塗得厚厚的，免得來年存留雨水，窩藏蟲蟻。

塗白都是在冬日的晴天。男的、女的，穿了各種顏色的棉衣，在脫盡了樹葉的果林裏勞動着。大家的心情都很開朗，很高興。

塗白是果園一年最後的農活了。塗完白，我們就很少到果園裏來了。這以後，雪就落下來了。果園一冬天埋在雪裏。

從此，我就不反對塗白了。

粉蝶

我曾經做夢一樣在一片盛開的茼蒿花上看見成千上萬的粉蝶 —— 在我童年的時候。那麼多的粉蝶，在深綠的蒿葉和金黃的花瓣上亂紛紛地飛着，看得我想叫，想把這些粉蝶放在嘴裏嚼，我醉了。

後來我知道這是一場災難。

我知道粉蝶是菜青蟲變的。

名家散文必讀系列 · 汪曾祺

菜青蟲吃我們的圓白菜。那麼多的菜青蟲！而且牠們的胃口那麼好，食量那麼大。牠們貪婪地、迫不及待地、不停地吃，吃得菜地裏沙沙地響。一上午的工夫，一地的圓白菜就叫牠們咬得全是窟窿。

我們用 DDT 噴牠們，使勁地噴牠們。DDT 的激流猛烈地射在菜青蟲身上，牠們滾了幾滾，僵直了，噗的一聲掉在了地上，我們的心裏痛快極了。我們是很殘忍的，充滿了殺機。

但是粉蝶還是挺好看的。在散步的時候，草叢裏飛着兩個粉蝶，我現在還時常要停下來看牠們半天。我也不反對國畫家用牠們來點綴畫面。

波爾多液

噴了一夏天的波爾多液，我的所有的襯衫都變成淺藍色的了。

硫酸銅、石灰，加一定比例的水，這就是波爾多液。波爾多液是很好看的，呈天藍色。過去有一種淺藍的陰丹士林布，就是那種顏色。這是一個果園的看家的農藥，一年不知道要噴多少次。不噴波爾多液，就不成其為果園。波爾多液防病，能保證水果的豐收。果農都知道，噴波爾多液雖然費錢，卻是划得來的。

這是個細緻的活。把噴頭綁在竹竿上，把藥水壓下去，噴在梨樹葉子上、蘋果樹葉子上、葡萄葉子上。要噴得很均勻，不多，也不少。噴多了，藥水的水珠糊成一片，掛不住，流了；噴少了，不管用。樹葉的正面、反面都要噴到。

這活不重，但是幹完了，眼睛、脖頸，都是痠的。

　　我是個噴波爾多液的能手。大家叫我總結經驗。我說：一、我幹不了重活，這活我能勝任；二、我覺得這活有詩意。

　　為甚麼叫個「波爾多液」呢？ —— 中國的老果農說這個外國名字已經說得很順口了。這有個故事。

　　波爾多是法國的一個小城，出馬鈴薯。有一年，法國的馬鈴薯都得了晚疫病 —— 晚疫病很厲害，得了病的薯地像火燒過一樣，只有波爾多的馬鈴薯卻安然無恙。大夥琢磨，這是甚麼道理呢？原來波爾多城外有一個銅礦，有一條小河從礦裏流出來，河牀是石灰石的。這水藍藍的，是不能吃的，農民用它來澆地。莫非就是這條河，使波爾多的馬鈴薯不得疫病？

　　於是世界上就有了波爾多液。

　　中國的老農現在說這個法國名字也說得很順口了。

　　去年，有一個朋友到法國去，我問他到過甚麼地方，他很得意地說：波爾多！

　　我也到過波爾多，在中國。

責任編輯	楊紫東
封面設計	高　林
版式設計	鄧佩儀
排　版	陳美連
印　務	劉漢舉

名 家 散 文 必 讀 系 列

汪 曾 祺

作者　汪曾祺

導讀　陳學晶

出版｜中華教育

香港北角英皇道 499 號北角工業大廈 1 樓 B 室

電話：(852) 2137 2338　傳真：(852) 2713 8202

電子郵件：info@chunghwabook.com.hk

網址：http://www.chunghwabook.com.hk

發行｜香港聯合書刊物流有限公司

香港新界荃灣德士古道 220-248 號 荃灣工業中心 16 樓

電話：（852）2150 2100　傳真：（852）2407 3062

電子郵件：info@suplogistics.com.hk

印刷｜美雅印刷製本有限公司

香港觀塘榮業街 6 號海濱工業大廈 4 樓 A 室

版次｜2023 年 5 月第 1 版第 1 次印刷

©2023 中華教育

規格｜32 開（195mm x 140mm）

ISBN｜978-988-8809-90-5

本書由天天出版社授權中華書局（香港）有限公司以中文繁體版在中國大陸以外地區使用並出版發行。
該版權受法律保護，未經同意，任何機構與個人不得複製、轉載。